청소년을 위한

꿈꾸는 다락방

청소년을 위한

꿈꾸는 다락방

꿈을 현실로 만드는 특별한 공식, R=VD

이지성 지음

차이정원

별처럼 빛나는 젊음의 때에
꿈을 믿는다는 것은
얼마나 위대한 일인가

그러나 그보다
더 위대한 일은
인생의 황혼 무렵에
이렇게 말할 수 있는
삶을 사는 것이라네

나의 꿈은 이루어졌노라[1]

작자 미상

서문

모든 것은 꿈에서 시작되었다

'생생하게 꿈꾸고 글로 적으면 현실이 된다.'

고대로부터 전해져 내려오는 말이다.

1837년의 일이다. 천재적인 상상력으로 유명한 소설가 에드거 앨런 포. 추리소설의 창시자이자 '19세기 최대의 독창가'로 꼽히는 그는 현실과 공상을 구분하지 못할 정도로 광기에 휩싸여서《아서 고든 빔의 이야기》라는 소설을 집필했다.

처음부터 끝까지 끔찍한 사건들로 도배되어 있다시피 한 이 소설은 특히 주인공을 포함한 네 명의 선원이 조난당해 바다를 떠돌다가, 굶주림을 참지 못하고 제비뽑기로 한 사람을 정해 살해한 뒤 인육을 먹는 장면에서 그 잔혹함이 절정에 이른다. 소설 속에서 제비뽑기로 희생된 선원의 이름은 리처드 파커였다.

1884년의 일이다. 영국 법원은 영국 사회를 공포와 충격으로 몰아넣은 희대의 살인사건을 저지른 남자 세 명에게 징역형을 선고했다. 토머스 더들리, 에드윈 스티븐, 에드먼드 브룩스 이 세 사람의 혐의는, 난파당해 바다를 떠돌다가 굶주림을 참지 못하고 제비뽑기로 정해진 동료를 끔찍하게 살해해서 먹어치운 것이다. 희생된 사람의 이름은 놀랍게도 리처드 파커였다.

에드거 앨런 포는 미래의 어떤 사건을 자신의 두 눈으로 직접 바라보는 것처럼 생생하게 꿈꾸면서 글로 적었다. 그러자 47년 뒤에 진짜로 현실이 되어 나타났다.

만일, 만일에 여러분이……

대부분의 소설 작품들은 작가의 머릿속에서 허구로 태어나서 허구로 기록된다. 그런데 어떤 작품들은 그렇지 않다. 《아서 고든 빔의 이야기》를 비롯해 다음과 같은 작품들이 대표적이다.

극작가 아서 로우는 1885년에 조난당한 캐롤라인호의 유일한 생존자 로버트 골딩의 이야기를 다룬 《캐롤라인호》라는 작품을 썼다.

그런데 얼마 뒤 실제로 캐롤라인이라는 이름을 가진 배가 조난을 당했다. 생존자는 단 한 명이었는데, 그의 이름은 로버트 골딩이었다.

소설가 모건 로버트슨은 1898년 《타이탄호의 침몰 혹은 부질없음》이라는 소설을 발표했다. 소설은 인류 최고의 기술로 만들어진 거대한 배 타이탄호가 빙산에 충돌해서 침몰한다는 내용을 담고 있었다. 그로부터 14년 뒤인 1912년, 당시 인류 최고의 기술로 만들어졌다는 타이타닉호가 북대서양에서 빙산을 만나 침몰했다. 이 사건은 레오나르도 디카프리오 주연의 영화 〈타이타닉〉으로 만들어지기도 했다. 그런데 놀랍게도 소설 속의 타이탄호와 현실 속의 타이타닉호가 침몰한 달, 승객과 승무원의 수, 구명보트의 수, 배의 전체 길이와 배수량, 빙산 충돌 당시의 속력 등이 완전히 일치했다.

독일 표현주의의 사회주의적·혁명적 측면을 강하게 표현한 것으로 유명한 소설가 레온하르트 프랑크는 1927년에 《가수들》이라는 작품을 쓰면서 '한나'라는 여인을 등장시켰다. 한나는 그가 어릴 적부터 생생하게 꿈꾸어온 이상형이었다. 당연히 그는 한나의 외모와 성격을 살아 있는 인물처럼 생생하게 묘사할 수 있었다. 그로부터 21년 뒤인 1948년, 레온하르트 프랑크는 자신보다 무려 28세나 어린 한 여인과 결혼했다. 그 여인의 이름은 한나였는데, 소설 속에 나오는 것과 똑같은 외모와 성격을 가지고 있었다고 한다.

이른바 '테크노 스릴러'라는 새로운 장르를 개척했다는 평을 듣는 소설가 톰 클랜시의 《긴급명령》에는 휴대전화로 가족에게 건 전화가 도청되어 은신처가 노출된 콜롬비아 마약 왕이 콜롬비아 국가경찰에게 사살되는 장면이 나온다. 놀랍게도 소설의 실제 모델이었던 콜롬비아 마약 왕 파블로 에스코바르는 훗날 소설에 적힌 그대로 발각되어 사살되었다.[2]

위의 작품에는 다음과 같은 공통점이 있다.

작가가 의식적이든 무의식적이든 현실세계와 상상세계를 구분하지 못하는 상태에서 미래의 어떤 사건을 생생하게 꿈꾼 뒤 이를 글로 적었다. 그것은 실제 현실에서도 그대로 이루어졌다.

만일, 만일 말이다. 여러분도 이 작가들처럼 미래를 생생하게 꿈꾸고 글로 쓴다면, 똑같은 일이 일어날까? 여러분이 간절하게 소망하는 일들이 실제로 이루어질까?

똑같은 노력, 반대되는 결과

서두를 상당히 기괴한 분위기로 장식한 것 같다. 미안하게 생각한다. 하지만 이해해주기 바란다. 다른 건 몰라도 첫 페이지는 독자의 두 눈을 빨아들일 것 같은 글을 쓰는 게 좋다는, 오래된 창작 원칙을 따르려다 보니 그렇게 되었다.

나에게 작가로서의 탁월한 재능이 있다면《아서 고든 빔의 이야기》같은 으스스한 사례 대신 좀 더 밝고 경쾌한 이야기로 시작했을 것이다. 그런데 아직은 노력이 많이 필요한 작가라 그러지 못했다. 어쨌든 서두의 이야기가 기대한 효과를 거두었기를 바라며 본격적인 이야기를 시작해보려고 한다.

이 책은 성공의 기술, 즉 꿈을 현실로 만들어내는 기술에 관한 이야기다. 가시적인 측면에서 보면 인류는 항상 두 부류로 나누어진다. 합격한 자와 낙방한 자, 가진 자와 못 가진 자, 건강한 자와 병든 자 등등. 즉 성공자와 실패자로 나뉜다. 그렇다면 성공자와 실패자를 가르는 결정적인 요인은 무엇일까?

우리는 보통 그 요인을 '노력'으로 알고 있다. 아마 여러분도 "열심히 노력해야만 성공할 수 있다. 노력은 반드시 보상을 받는다" 같은 이야기들을 많이 들었을 것이다. 물론 이것이 상당히 비중 있는 요인이기는 하다. 하지만 과연 노력이 '결정적인' 요인일까? 아마 그렇지 않다고 생각하는 사람이 많을 것이다. 세상에는 밤잠 아껴가며 공부해도 성적이 늘 제자리인 학생들이 있는가 하면, 놀 것 다 놀면서도 언제나 상위권을 달리는 학생들도 있다. 몇 년을 죽어라 노력하고도 데뷔조차 못하는 연습생들이 있는가 하면, 아무런 준비 없이 있다가 우연한 계기로 스타가 되는 사람들도 있다. 일평생 허리가 휘도록 일하고도 자기 집 한 채 장만하지 못하는 사람들이 있는가 하면, 베짱이처럼 지내면서도 어마어마한 재산을 마련하고 엄청난 유명세까지 타는 사람들이 있다.

노력이 성공의 비결이라는 것은 이론적으로 말이 잘 안 된다. 세상에는 여러분과 같은 나이인데 이미 여러분보다 10배, 20배 성공한 사람들이 존재한다. 만일 노력이 정말 성공의 비결이라면, 그들은 여러분보다 10배, 20배는 더 많이 노력한 사람들이어야 한다. 즉 여러분이 꿈을 위해 하루에 5시간을 연습하거나 훈련한다면, 그들은 하루에 50시간 또는 100시간을 연습하거나 훈련하는 사람들이어야만 한다. 여러분이 하루에 2시간을 일한다면 그들은 하루에 20시간 또는 40시간 일하는 사람들이어야만 한다. 이게 말이 된다고 생각하는가.

전화기를 발명한 알렉산더 그레이엄 벨도 이게 궁금했나 보다. 벨은 독일의 저명한 과학자였던 라이스가 발명한 전화기를 두고 오랫동안 고민했다. 라이스의 전화기는 벨의 전화기보다 무려 15년 앞서 제작된 것으로 벨이 발명한 전화기와 모든 면에서 같았다. 그런데 이상하게도 휘파람 소리만 전달할 수 있을 뿐 사람의 목소리는 전달하지 못했다. 쉽게 말해서, 벨과 라이스는 똑같은 노력을 기울였지만 서로 반대되는 결과를 얻었다. 벨은 성공했고 라이스는 실패했다.

벨은 라이스가 실패한 원인을 찾아냈다. 라이스의 전화기는 전극을 제어하는 나사 하나가 1,000분의 1인치쯤 빗나가 있었다. 벨은 나사를 제대로 맞춰보았다. 그러자 사람의 목소리가 또렷하게 전달되었다.[3] 순간 벨은 커다란 의문에 사로잡혔다. 상식적으로 생각할 때 1,000분의 1의 실수를 저질러야 할 사람은 저명한 과학자 라이스가 아니라 농아학교 선생님 출신인 자신이어야 했기 때문이다. '왜 라이스는 실패하고 나는 성공한 걸까?'라고 의문을 품은 벨은 자신과 라이스를 구분 짓는 결정적인 차이점을 찾기 시작했다.

마침내 벨은 답을 얻었다. 그것은 '무의식적 사고의 힘'이었다.[4] 벨과 달리 라이스는 무의식적 사고의 힘을 믿지도 않았고, 사용하지도 않았다.

⁘ '꿈'이 '현실'이 되는 놀라운 공식 ⁘

20세기에 가장 성공한 여성 중 한 명인 에스테 로더는 벨이 말한 무의식적 사고의 힘을 '시각화의 힘'이라는 말로 표현한다.

젊은 시절, 에스테 로더는 어느 부자 동네의 미용실에 들렀다가 한 부잣집 마나님으로부터 모욕을 당했다. "어머나, 입고 계신 블라우스 좀 봐. 너무너무 예쁘고 우아해요! 도대체 이걸 어디서 사신 거예요?"라고 물었다가 "알아서 뭐하게? 자네 같은 가난뱅이는 평생 손도 대지 못할 텐데"라는 핀잔을 들었던 것이다.

에스테 로더는 대꾸도 못한 채 울면서 미용실을 뛰쳐나왔다고 한다. 하지만 자존심만은 대단해서 집으로 돌아오는 내내 "앞으로는 죽어도, 죽어도, 그 누구도 나에게 가난하다는 말을 못하게 만들 거야. 원하는 것은 무엇이든 가질 수 있는 사람이 될 거야"라며 맹세에 맹세를 거듭했다고 한다.

그러나 성공하고야 말겠다는 맹세를 한다고 해서 실제로 성공하는 것은 아니다. 또 단순히 열심히 일한다고 해서 성공하는 것도 아니다. 성공을 하기 위해서는 특별한 내면의 힘이 필요하다. 가만히 있어도 성공이 저절로 굴러 들어오게 만드는 강력한 마음의 에너지가 필요하다. 보통 사람들은 이를 '운'이라고 부른다. 에스테 로더 역시 이 사실을 잘 알았다.

에스테 로더는 성공한 사람들을 철저하게 연구했다. 그리고 마침내 성공을 불러들이는 내면의 힘을 얻는 방법을 터득했다. 결과는 어떻게 되었을까? 여러분이 아는 그대로다. 부잣집 아줌마에게 모욕을

당하던 처지에서 4조원대에 달하는 자산을 가진 세계적인 화장품회사 에스테 로더사의 주인이 되었다. 에스테 로더는 자서전에서 성공을 끌어들이는 마음의 에너지를 갖는 방법에 대해 이렇게 밝혔다.

"당신의 꿈을 시각화하라. 만일 당신이 마음의 눈으로 이미 성공한 회사, 이미 성사된 거래, 이미 달성된 이윤 등을 볼 수 있다면, 실제로 그런 일이 일어날 가능성이 정말 높아진다.

이미 성공한 모습을 마음속으로 생생하게 그리는 습관은 목표를 달성하는 가장 강력한 수단이다. 나는 백화점에 입점하기 전부터 에스테 로더사의 제품이 대형 백화점에서 어마어마한 판매고를 달성하는 모습을 생생하게 꿈꾸곤 했다. 한두 번이 아니었다. 백화점에 입점할 때마다 수천 번씩 그렇게 하곤 했다. 그러면 내 마음속의 그림은 진짜로 현실이 되곤 했다.

성공을 시각화하면 그 이미지는 반드시 현실이 된다. 이 놀라운 원리는 위대한 성공을 거둔 사람이라면 모두 알고 있고 또 실천하고 있는 것이다. 사업계, 투자계, 운동계를 비롯한 각계 정상에 올라 있는 사람들은 하나같이 이 방법을 실천하고 있다."[5]

알렉산더 그레이엄 벨이 '무의식적 사고의 힘'이라 칭했고, 에스테 로더가 '시각화의 힘'이라고 부른 그 힘을 이 책에서는 'R=VD' 공식이라고 부른다.

이를 풀이하면 이렇다.

생생하게(vivid) 꿈꾸면(dream) 이루어진다(realization).

CONTENTS

PART 4 : 꿈을 느끼고 말하고 행동하라
VD 기법 : 기본편

PART 5 : 꿈 너머의 꿈이 현실이 되다
VD 기법 : 심화편

PART 1

'꿈의 차이'가
곧 '인생의 차이'다

생각의 초점을 꿈에 맞춘 두 사람

금세기 최고의 영화감독으로 손꼽히는 스티븐 스필버그. 〈죠스〉, 〈E.T.〉, 〈쥬라기 공원〉 같은 어마어마한 흥행작을 만든 것은 물론, 〈쉰들러 리스트〉로 1994년 아카데미상에서 작품상·감독상 등 7개 부문을 석권함으로써 흥행성뿐 아니라 작품성까지 거머쥔 대감독이다. 여기에 더해 〈슈렉〉, 〈쿵푸팬더〉 등으로 여러분에게도 친숙한 할리우드 애니메이션 제작사 '드림웍스'의 공동 창립자이기도 하다.

스티븐 스필버그는 일찌감치 영화감독을 자신의 길로 정해놓았다. 12세 때 아버지의 8mm 카메라로 집안의 행사나 가족여행 등을 촬영했는데, 단순히 기록하는 수준이 아니라 다양한 앵글을 시도해보고 여러 기술들을 스스로 익혔다. 나중에는 자신이 직접 스토리를 만들어서 동생들을 주연으로 공포영화를 만들기까지 했다. 동시에 그는 12세 때부터 R=VD 공식을 실천했다. 그의 초등학교 동창 짐 솔린버거는 한 대중매체와의 인터뷰에서 이렇게 말했다.

"스필버그는 열두 살 때부터 자신이 아카데미 시상식에 참석해서 상을 타고 관객들에게 감사의 말을 전달하는 광경을 간절하게 상상했다. 그가 그 광경을 너무도 생생하게 꿈꾸고 말했기에 우리 모두는 그의 소망을 매우 잘 알고 있었다."

스티븐 스필버그 역시 1989년에 한 인터뷰에서 같은 말을 했다.

"나는 열두 살 때 영화감독이 되기로 마음먹었다. 단순히 소망한 게 아니다. 나는 내 꿈을 분명하게 그렸다."

하지만 스필버그의 생생한 꿈은 오래도록 이루어지지 않았다. R=VD 공식을 실천한 뒤 무려 9년이 지나도록 그는 영화판 근처에도 못 가고 있었다. 영화사 관계자 중 그의 이름을 아는 사람은 한 사람도 없었다. 그는 영화계에서 철저히 소외된 존재였다.

아마 스필버그가 보통 사람이었다면 이쯤에서 포기하고 말았을 것이다. '생생하게 꿈꾸면 이루어진다고? 웃기고 있네!' 하면서 말이다. 하지만 스필버그는 달랐다. 그는 오히려 더욱 생생하게 꿈꾸는 길을 선택했다.

어느 날 스필버그는 영화감독처럼 차려입고 유니버설 스튜디오로 쳐들어갔다. 그의 태도가 너무나 당당했기에 경비원들은 감히 제지할 생각도 하지 못했다. 스필버그는 빈 사무실을 하나 찾아낸 뒤 '스티븐 스필버그 감독 사무실'이라는 간판을 내걸었다. 그러고는 교환실로 가서 전화기와 전화번호를 받았다. 그가 너무도 당당했기 때문에 아무도 그를 의심하지 않았다.[6]

스필버그는 그 사무실을 무려 2년 넘게 사용했다. 그 2년 동안 그는 R=VD 공식을 거의 완벽에 가깝도록 실천했다. 세계적인 감독들이 일하는 모습을 바로 옆에서 지켜보면서 그리는 꿈의 영상은, 과거 혼자만의 상상 속에서 그리던 것과는 차원이 달랐다. 그것은 꿈과 현실을 구분하기 어려울 정도로 실제적이고 현실적인 영상이었다.

스필버그의 꿈은 현실이 되었을까? 답은 '그렇다'이다.

어느 날 스필버그는 이름뿐인 사무실을 나와서 해변을 산책하고 있었다. 그러다가 우연히 한 남자와 말동무를 하게 되었다. 이야기를 나눠보니 그는 스필버그 못지않은 영화광이었다. 서로 통한다고 느낀 스필버그는 오래된 친구에게 하듯 자신의 처지와 고민을 털어놓았다. 그러자 느닷없이 그 사람이 "당신의 열정에 반했다. 내가 영화 제작비용을 대겠다. 그러니 마음껏 영화를 찍어봐라" 하고 제안하는 것이 아닌가.

알고 보니 그는 미국에서 손꼽히는 갑부였다. 스필버그는 그의 제안을 받아들였다. 그렇게 첫 공식 데뷔작 〈엠블린〉이 탄생했고, 이 영화는 베니스 국제영화제 수상작이 되었다.[7]

⁘ 그가 인생을 걸었던 그것 ⁘

1986년 부산항, 한 외국인 남자가 배에서 내렸다. 며칠 후 그는 서울 가리봉동 반지하 방에 보금자리를 틀었다. 키가 작고, 못생기고, 돈이 없고, 한국말을 할 줄 모르는 이 남자는 오랜 시간을 백수 또는 3D 산업의 노동자로 보냈다.

그런데 그로부터 약 14년이 흐른 2000년, 그 외국인 남자의 재산은 1천억여 원을 상회하게 된다.

이런 스토리가 가능할까?

아마도 99.9%의 사람들이 딱 잘라서 말할 것이다. 불가능하다고.

그런데 실제로 그런 삶을 산 사람이 있었다. 20세기의 지구에서! 그의 이름은 아리스토텔레스 소크라테스 오나시스다.

1923년 9월, 오나시스는 프랑스 파리에 버금가는 화려함을 자랑하는 도시 부에노스아이레스에 도착했다. 빈민가에 월세방을 얻을 수 있는 보증금과 4개월간의 최저생활비가 그가 가진 전부였다. 그는 못생겼고, 키가 작았고, 대졸자가 아니었고, 아르헨티나 언어를 알지 못했다. 당연히 실업자 신세를 면하지 못했다.

하지만 약 4년 후, 그는 통장에 10억여 원의 잔고를 갖게 된다. 그런데 이건 시작에 불과했다. 그의 재산은 점점 불어나서 약 10년 후에는 1천억여 원을 상회했다. 도대체 어떻게 해서 이런 일이 가능하게 됐을까?[8]

오나시스는 독서광이었다. 그는 특히 성공한 사람들의 이야기를 즐겨 읽었는데, 그러면서 자연스럽게 R=VD 공식을 알게 되었다. 성공학 서적에서 이 공식에 대한 이야기를 접하면 99.9%의 독자는 그냥 무시해버리고 만다. 물론 호응하는 독자도 있다. 하지만 순간적일 뿐이다. 즉 R=VD 공식에 자신의 모든 것을 거는 사람은 거의 없다는 얘기다.

오나시스는 이 공식을 알게 된 순간 무릎을 탁 쳤다. '실업의 늪에서, 가난의 늪에서 나를 구해줄 수 있는 것은 바로 이거다!'라고 굳게 믿었다. 그리고 인생을 걸었다.

매주 토요일마다 최고급 정장을 차려입고 청담동으로 향하는 젊은이가 있다. 그는 청담동에서도 가장 돈 많은 사람들만 간다는 최고급 레스토랑에 들어간다. 그런데 이 젊은이가 하는 행동이 참으로 특이하다. 음식에는 관심이 없다. 두 눈을 크게 뜨고 손님들을 골똘히 바라보다가 이내 눈을 감고 묵상에 잠긴다. 이 행동을 끝없이 반복한다. 식사를 하러 온 게 아니라 무슨 종교의식을 치르러 온 사람 같다. 놀라운 것은 이 젊은이가 묵상의식을 치르기 위해 지불하는 돈이 육체노동으로 번 일주일치 임금이라는 점이다. 여러분은 이 젊은이를 어떻게 생각하는가?

오나스시가 바로 그런 젊은이였다. 오나시스는 매주 토요일이면 부에노스아이레스의 최고 부자들만 간다는 초호화 레스토랑으로 향했다. 그러고는 테이블에 앉아서 손님들을 집요하게 관찰했다. 그리고 그들처럼 부자가 된 자신의 모습을 생생하게 꿈꾸었다.[9]

그러던 어느 날이었다. 코스타 그레초라는 사람이 오나시스에게 다가와 말을 걸었다. 매주 토요일 정해진 시간에 레스토랑 구석을 차지하고 앉아, 음식에는 손도 대지 않은 채, 꿈꾸는 듯한 눈망울로 손님들을 응시하기만 하는 오나시스에게 호기심을 가진 것이다. 코스타 그레초는 '드라코리스'라는 선박회사를 경영하는 그리스인 재벌이었다. 오나시스의 운명이 뒤바뀌는 순간이었다. 누구보다 생생히 부자가 된 자신을 꿈꾸며 부자들을 관찰했던 청년이, 부자에게서 직접 배울 기회를 잡은 것이다. 오나시스는 그레초를 통해 선박업의 세계에 들어서게 되었고, 결국 세계 최고의 선박 왕이 되기에 이른다.

여러분도 꿈이 있을 것이다. 아마 지금 밤잠 아껴가며 공부하고 연습하는 이유는 그 꿈을 이루기 위해서일 것이다. 그런데 안타깝게도 그것만으로는 부족하다. 생각해보자. 스필버그처럼 꿈을 이룬 자신의 모습을 아주 생생하게, 마치 실제로 이루어진 것처럼 상상해서 주변 사람 모두가 그 소망을 알고 인정할 정도인가? 오나시스처럼 열악한 환경이나 부족한 조건에도 불구하고 꿈을 이룰 수 있다고, 아니 반드시 이룰 거라고 강하게 확신하고 있는가? 두 사람처럼 모든 생각의 초점을 꿈의 영상에 맞추고 있다고 자신할 수 있는가?

스필버그와 오나시스는 자신의 인생을 걸고 생각의 초점을 꿈의 영상에 맞췄다. 그 결과, 그들은 우리가 알고 있는 스필버그와 오나시스가 될 수 있었다. 기억하라. R=VD 공식을 실천하면, 꿈을 이룰 수 있는 기회가 운명처럼 찾아든다. 단, 공식을 실천할 때는 온 마음을 다해 간절하고 절실하게 해야 한다. 스필버그는 말했다.

"나는 하루 종일 꿈을 꾼다."

'물 위에 뜬 기름'처럼 사고하라

1955년의 일이다. 21세기의 빌 게이츠만큼 많은 재산을 모은 아리스토텔레스 소크라테스 오나시스는 모나코에서 열린 국제 자동차 경주대회에서 2위로 입상한 메르세데스 자동차 경주팀을 선상 파티에 초대했다. 메르세데스 자동차 경주팀의 팬이었던 부인을 즐겁게 해주기 위해서였다.

파티 도중 리페라는 이름을 가진 선수가 오나시스에게 물었다.

"어떻게 하면 당신처럼 세계 최고의 부자가 될 수 있는 겁니까?"

오나시스는 조용히 대답했다.

"마치 물 위의 기름처럼 세상 사람들의 생각 위에 항상 떠 있어야 합니다."[10]

세상 사람들은 오나시스나 스필버그 같은 사람이 되고 싶다고 생각하면서도 이들처럼 생각의 초점을 꿈의 영상을 그리는 데 맞추지는 않는다. 맹물 같은 생각밖에 할 줄 모르는 세상 사람들의 사고습관을 따르지 마라. 물 위에 뜬 기름처럼 높은 수준의 사고습관을 가져라. 세상 사람들이 실천하지 않는 R=VD 공식을 실천하라. 그러면 원하는 꿈을 이룰 수 있다.

이런 의미로 던져진 오나시스의 선문답 같은 대답은 호화로운 파티 분위기에 취해 흥청망청하고 있던 메르세데스 자동차 경주팀을 숙연하게 만들었다.

전 세계 축구 팬들을 열광시킨 '기적의 사나이'

물 위에 뜬 기름 같은 생각이란 무엇일까. 아직 경험이 부족한 청소년이 쉽게 이해할 수 있는 주제는 아닌 것 같지만, 물 위에 뜬 기름 같은 생각으로 인생 역전에 성공한 한 남자의 이야기를 통해 힌트를 얻을 수 있을 것 같다.

2009년, 20대 초반이었던 그는 주급 5만 원을 받는 공장 노동자였다. 공장에서 치료용 부목을 나르며 번 돈으로 간신히 생계를 유지하던 그는 설상가상 전자발찌까지 차고 있었다. 청각장애를 가진 친구가 괴롭힘을 당하는 현장을 목격하고 불의를 참지 못해 상대방을 폭행한 결과, 6개월간 전자발찌를 차야 했다. 아무리 열심히 일해도 나아지지 않는 주머니 사정, 발목뿐 아니라 삶을 옭아매는 전자발찌, 아마 그와 같은 상황이라면 대부분 이렇게 생각할 것이다.

'내 인생은 끝났어. 아무리 노력해봤자 나아지지 않을 거야.'

'결국 성공의 주인은 정해져 있지. 내 자리는 아닌 거야.'

그런데 그의 생각은 좀 달랐다.

'자리가 정해진 사람은 없다. 모든 것은 나에게 달려 있으며, 나는 더 높은 곳을 향해 달려갈 뿐이다.'

사실 그는 공장 노동자 외에 다른 직업을 하나 더 가지고 있었다. 그는 매일 오전 7시까지 공장으로 출근해 오후 4시까지 근무했는데, 화요일과 목요일에는 퇴근 후 훈련에 참여했고 토요일에는 경기에 출전했다. 그의 또 다른 직업은 바로 축구 선수였다. 유명한 축구 선수가 되고 싶었던 그는 어려운 상황에도 전혀 개의치 않고, 오직 꿈을 향해 달렸다. 세상 사람들의 맹물 같은 생각을 바탕으로 보자면 도무지 이룰 수 없는 꿈을 위해 헛발질을 하고 있는 셈이었지만, 그는 세상 사람들의 사고습관을 따르지 않았다. 그의 생각의 초점은 오직 꿈의 영상에만 맞춰져 있었다.

그리고 7년이 지난 2016년, 전 세계 축구 팬들은 '기적의 사나이'라 불리는 한 선수에게 열광했다. 이전까지 이름도 들어본 적 없는 선수가 EPL에서 13골을 올리며 득점 선두를 달린 것은 물론, 리그 10경기 연속골을 달성하는 등 엄청난 기록을 세우고 있었던 것이다.

그의 이름은 제이미 바디. 레스터시티의 공격수인 그는 결국 팀의 132년 역사상 첫 프리미어리그 우승이라는 대기록의 1등 공신이 되었고, 잉글랜드 국가대표팀에까지 선발되었다.

제이미 바디를 지금의 자리에 올려놓은 힘, 포기하지 않는 근성과 엄청난 노력의 밑바탕은 바로 남과 다른 생각, 물 위에 뜬 기름 같은 생각이었다. 그는 최하위 리그인 8부 리그에서 축구를 시작했지만, '아무리 노력해도 내 자리는 고작 여기'라는 맹물 같은 생각을 하지 않았다. '자리가 정해진 사람은 없다. 나는 더 높은 곳을 향해 달려갈 뿐이다'라는 물 위의 기름 같은 생각으로 끝없이 달렸다. 8부에서 5부, 5부에서 4부, 4부에서 2부, 2부에서 1부 리그까지 달리고 또 달려왔을 뿐이다.

세상 사람들처럼 생각하는 건 쉽다. 환경을 탓하고 조건을 원망하면 그만이다. 그런데 세상 사람들처럼 생각하지 않는 것 역시 쉽다. 꿈이 이루어질 수 있다고 믿어 의심치 않고, 그 꿈을 실제처럼 생생하게 꾸면 된다.

여러분은 지금 어떤 생각을 하고 있는가. 누구나 하는 맹물 같은 생각인가, 아니면 오나시스나 제이미 바디와 같은 물 위에 뜬 기름 같은 생각인가.

노력보다 중요한 것은 꿈꾸는 능력이다

〈게르니카〉, 〈아비뇽의 처녀들〉 등의 작품으로 유명한 입체파의 거장 피카소와 〈별이 빛나는 밤〉, 〈감자 먹는 사람들〉 등으로 잘 알려진 인상파의 거장 반 고흐. 두 사람은 거의 똑같은 재능을 가진 화가였다. 여러분에게는 두 사람 모두 거장이라 불리는 유명한 화가로 알려져 있다. 하지만 사실 두 사람의 인생은 극단적으로 상반되게 펼쳐졌다. 피카소가 세속적으로 성공의 표본 같은 삶을 살았다면, 반 고흐는 세속적으로 실패의 표본 같은 삶을 살았다.

피카소는 30대 초반에 이미 백만장자가 되었다. 그의 성공은 나이가 들수록 가속화됐다. 그는 천만장자가 되었고 억만장자가 되었다. 화가로서의 명성 역시 마찬가지였다. 미술계 인사들에게 서서히 알려지기 시작하더니 오래지 않아 미술계의 스타가 되었고 세계적인 화가가 되었다.

반 고흐는 평생 부(富)와 인연이 없는 사람이었다. 그는 20대에도 빈민이었고 30대에도 빈민이었으며 죽을 때도 빈민이었다. 화가로서의 명성 역시 우울하기 짝이 없었다. 그의 그림은 마치 무슨 저주라도 걸린 것처럼 사람들의 이목을 끌지 못했다. 그는 철저히 무명으로 살았고 무명으로 죽었다. 그의 그림은 그가 세상을 떠난 후에야 비로소 빛을 발하게 되었다.

어떤 면에서 보면 반 고흐는 피카소보다 더 위대한 재능을 가진 화가였다. 피카소가 화가 아버지의 빈틈없는 교육과 후원 아래 4세 때부터 그림을 그렸던 반면, 반 고흐는 27세 때부터 그림을 그리기 시작했기 때문이다. 게다가 반 고흐에게는 스승이나 인도자도 없었다. 이런 위대한 반 고흐가 어쩌다가 물질적으로는 피카소보다 못한 삶을 살게 된 걸까? 지금은 그 가치를 가늠할 수 없을 정도로 커다란 평가를 받는 그의 명작들이 그의 생전에는 왜 철저하게 외면을 당했던 걸까? R=VD 공식의 관점에서 보면 피카소는 긍정적인 VD를 했던 반면, 반 고흐는 부정적인 VD를 했기 때문이다.

⁝ 피카소와 반 고흐의 운명을 가른 단 하나의 차이 ⁝

피카소에게도 한때 반 고흐 못지않은 무명 시절이 있었다. 그 세월은 10년 넘게 지속되었다. 그는 세상으로부터 인정받지 못한 화가였고, 그림이 팔리지 않는 화가였다. 그도 무명 시절 내내 반 고흐처럼 빈민가에서 살았다. 그 10년 넘는 세월 동안 피카소가 마음속으로 생생하게 그렸던 그림은 부와 명예를 한 손에 쥔 자신의 모습이었다. 세계적인 화가가 된 자신의 모습이었다. 피카소는 마음속으로 그림을 그리는 것만으로는 모자랐던지 입만 열면 이렇게 말하곤 했다.

"나는 그림으로 억만장자가 될 것이다."

"나는 미술사에 한 획을 긋는 화가가 될 것이다."

"나는 갑부로 살다가 갑부로 죽을 것이다."

반면 반 고흐는 마음속으로 세상의 인정을 받지 못한 채 쓸쓸하게 사라지는 자신의 모습을 그리곤 했다. 가난과 병에 시달리면서 살다가 비참하게 죽는, 그런 미래를 생생하게 꿈꾸곤 했다. 그리고 피카소처럼 입만 열면 예언적인 말을 했다.

"나는 평생 이렇게 비참하게 살다가 죽을 것 같아."

"나는 돈과 인연이 없어."

"불행은 나를 절대로 떠날 것 같지 않아."

이런 말들은 그가 동생 테오에게 보낸 편지에서도 종종 발견되곤 한다. 반 고흐가 마지막으로 남긴 말 역시 "La tristesse durera toujours(고통은 영원하다)"였다.

동일한 재능을 지녔던 두 사람의 인생은 두 사람의 마음속 그림대로 전개되었다. 흔히 원하는 바가 이루어지지 않을 때 환경이나 재능을 탓하곤 한다. '우리 집이 가난해서 다른 친구들처럼 과외를 받을 수 없기 때문에', '나는 그 친구들처럼 재능이 없어서'라고 생각해본 적이 한 번쯤은 있을 것이다. 하지만 피카소와 반 고흐의 이야기는 여러분이 지금껏 해왔던 생각을 완전히 뒤집는다. 동일한 재능을 지녔던 두 사람이 상반된 인생을 살았다는 사실을 기억하라. 아니 오히려 반 고흐의 재능이 어떤 면에서는 더 위대했음을 기억하라. 그리고 두 사람 모두 그림에 자신의 모든 것을 걸고 열정적으로 노력했음을 기억하라. 중요한 것은 재능이나 노력이 아니다. 더욱 중요한 것은 따로 있다.

어느 호텔 왕의 고백

사람의 미래는 노력이나 재능이 아니라 그가 마음속으로 생생하게 그리는 그림에 의해서 결정된다고 단언한 사람이 있다. 그는 망나니 같은 행동으로 악명 높은 패리스 힐튼의 할아버지, 콘래드 힐튼이다. 콘래드 힐튼은 전 세계에 250개가 넘는 힐튼 호텔을 세운 사람으로 오늘날까지도 '호텔 왕'이라고 불린다.

금융공황의 여파로 망한 집안에서 어렵게 자란 그는 20세에 호텔 벨 보이로 사회생활을 시작했다. 그는 아주 오랫동안 돈 없고 힘없는 사람들 속에서 묻혀 살면서, 돈 있고 힘 있는 사람들의 가방을 들어주고, 그들이 묵을 방을 청소하고, 뒤치다꺼리를 해주는 일로 생계를 유지했다.

콘래드 힐튼이 언제, 어떤 경로로 R=VD 공식을 접하게 되었는지는 분명하지 않다. 어쩌면 그는 자신이 근무하는 호텔에 묵은 성공한 사람들과 직간접적으로 접촉하면서 자연스럽게 공식을 배웠을 수도 있다. 어쨌든 그는 젊은 시절에 이미 수준 높은 VD를 하고 있었다.

그는 당시 미국에서 가장 큰 호텔의 사진을 구해서 책상 위에 붙여놓고 그 호텔의 주인이 된 자신의 모습을 '강렬하게' 상상했다. 단순히 미래에 대한 꿈을 꾸는 정도가 아니었다. 현실과 꿈의 경계를 분간하기 힘들 정도로 강력하게 VD했다. 그것도 하루에 수십 차례씩, 온몸의 기력이 다 빠져나갈 정도로.

그로부터 15년 후인 1949년 10월, 콘래드 힐튼의 VD는 R(현실)이 되었다. 그는 미국에서 가장 큰 호텔을 소유하게 되었다. 후일 호텔왕이 된 콘래드 힐튼은 사람들이 성공 비결을 물어올 때마다 이렇게 대답했다.

"흔히 사람들은 재능과 노력이 성공을 가져다줄 것으로 생각한다. 그러나 그렇지 않다. 성공을 불러들이는 것은 생생하게 꿈꾸는 능력이다. 내가 호텔 벨 보이 생활을 할 때 내 주위에는 나와 똑같은 처지의 벨 보이가 많이 있었다. 호텔을 경영하는 재능이 나보다 뛰어난 사람은 더 많았고, 나보다 더 열심히 일하는 사람 역시 많았다. 하지만 성공한 자신의 모습을 온 힘을 다해서 그린 사람은 오직 나 하나뿐이었다. 성공하는 데 있어서 가장 중요한 것은 꿈꾸는 능력이다."[11]

그렇다. 재능과 노력보다 중요한 것은 바로 꿈꾸는 능력이다.

매일 탈진할 정도로 미래를 그려라

"네 적성에 맞는 분야를 찾은 다음에 전력투구해라. 그러면 성공한다."

생각해보라. 이 얼마나 합리적이고 과학적인 이야기인가? 이런 이야기는 누구나 얼마든지 목에 힘을 주고 할 수 있다. 하지만 "매일 탈진할 정도로 네 미래를 생생하게 그려봐. 그럼 성공해"와 같은 이야기는 그냥 목구멍에서 걸려버린다. 도무지 입 밖으로 나오지 않는다. 어쩌면 우리는 R=VD 공식을 확신하지도, 가족이나 친구들에게 자신 있게 권하지도 못하기 때문에 여전히 제자리에서 맴돌며 헤매고 있는 것인지도 모른다.

하지만 생각해보라. 성공이라는 단어 자체가 얼마나 비현실적인

가? 빈민가에서 살던 청년이 세계 최고의 재벌이 되고, 영화판에서 쫓겨나는 게 일이었던 젊은이가 아카데미상을 수상하는 영화감독이 되고, 호텔 벨 보이가 250개가 넘는 호텔을 거느린 사람이 된다. 이런 게 바로 성공인데, 따지고 보면 이런 이야기들이야말로 정말 비현실적이지 않은가!

나는 감히 주장하고 싶다. 말도 안 되는 일을 이루려면 말이 되는 방법으로는 곤란하다고. 콘래드 힐튼의 말처럼, 재능과 노력만 가지고는 안 된다는 이야기다. 말이 안 되는 일을 이루려면 말이 안 되는 방법이 필요하다. R=VD 공식을 실천하는 일 같은.

같은 대학, 같은 회사에 들어갔다는 것은 동일한 능력을 가졌다는 이야기다. 그들은 비슷한 능력을 바탕으로, 비슷한 노력을 기울여 같은 대학, 같은 회사에 들어갔을 것이다. 그런데 10년 후의 미래는 현격하게 달라진다. 같은 대학을 졸업했지만 어떤 사람은 꿈을 이뤄 명성을 떨치고, 어떤 사람은 취업도 하지 못한 채 방황한다. 같은 회사에 들어갔지만 어떤 사람은 고속 승진을 하며 승승장구하고, 어떤 사람은 정리해고의 대상이 되어 회사를 떠난다. 동일한 능력을 지닌 사람들 중 성공하는 사람은 열에 하나 정도에 불과하다.

이 차이는 어디서 생기는 걸까? 성공한 사람들은 모두 R=VD 공식을 치열하게 실천했다. 물론 그들은 이 공식 때문에 성공했노라고 말하지 않는다. 우리 사회의 문화에 맞게 겸손한 태도로 "그저 운이 좋았을 뿐이지요"라고 한다. 성공한 사람들은 아무것도 아니었던 시절, 꿈을 입 밖에 꺼냈다가 사람들로부터 무시당해본 가슴 아픈 경험을 아주 많이 갖고 있기 때문이다. 또 성공하지 못한 대부분의 사람들은 R=VD 공식의 힘을 알지도 믿지도 않으며, 이 공식을 말하는 사람을 이상한 눈으로 바라본다는 사실을 잘 알고 있기 때문이다.

나는 이 책을 쓰기 위해 자수성가한 사람들을 많이 만나 인터뷰해보았다. 30대 초반으로 강남에 사업체를 여러 개 갖고 있는 사람, 30대 중반으로 약국을 두 개 경영하고 있는 사람, 역시 30대 중반으로 매스컴에 여러 차례 소개된 명품 의류 매장을 갖고 있는 사람, 40대 후반으로 500만 원 이상의 하루 매출을 올리는 사람 등등.

그들에게 R=VD 공식을 아느냐고 물었다. 그리고 혹시 실천해본 적 있냐고 물었다. 그들의 대답을 한 문장으로 정리하겠다. 그들은 이렇게 말했다.

"나는 R=VD 마니아입니다!"

⸽ 노력만 할 것인가, 노력도 할 것인가 ⸽

2007년 처음《꿈꾸는 다락방》이 출간된 후에 R=VD 마니아는 기하급수적으로 늘어났다. 당연히 여러분과 같은 청소년도 많다.

우리나라의 대표적인 일간지에 보도된 내용이다. 기사의 주인공은 지방에서 고등학교를 다니는 학생인데 모의고사에서 전국 2등을 차지할 정도로 수재다. 이 학생은 기사에서 "R=VD, 생생하게 꿈꾸면 반드시 이뤄진다고 믿어요"라고 말하면서 교복 주머니에 늘 넣고 다니는, '내신 1등급을 유지한다. 수능 날 긴장하지 않는다. 후회 없는 하루를 보내자' 같은 글이 적혀 있는 꿈의 쪽지를 공개했다.

인터넷 서점 독자 서평에는 R=VD 공식으로 합격의 꿈을 이룬 사례들이 여럿 올라와 있다. 연기를 배운 적도 없고 외모가 특별한 것도 아닌 그야말로 배우의 꿈만 가진 학생이 무려 2천여 명 넘게 몰린 경쟁자들을 제치고 인생 최초로 응시한 오디션에 합격했는가 하면, 대학에 입학할 때 "비록 지금은 장학금을 받지 못했지만 남은 학기는 모두 장학금을 받고 다니자. 그리고 꼭 전체 수석으로 졸업하자"는 VD를 실천하여 실제로 4년 내내 장학금으로 공부하고 전체 수석으로 졸업해 총장상까지 수상하게 되었다는 이야기가 있다. 또한 모의고사 점수가 100점 가까이 올라서 전교 1등을 한 비결이 당시에는 잘 몰랐지만 지금 생각해보니 VD였던 것 같다고 말하는 사례도 있다.

이렇게 이야기하고 보니 좋은 대학에 가거나 성적을 올리려면 공부를 열심히 하는 것은 전혀 필요 없다고 말하는 것처럼 들린다. 하지만 그렇지 않다. 공부를 열심히 하는 것은 기본이다. 일례로 앞에서 이야기한 꿈의 쪽지를 보면서 공부한다는 수재 학생도 기사에서 자신을 '노력형'이라고 소개했다. 노력보다 중요한 것은 꿈꾸는 능력이라는 말은, 노력 따윈 하나도 하지 않아도 되고 꿈만 꾸면 된다는 이야기가 아니다. 다른 사람들이 모두 '노력만' 할 때 누구보다 생생하게 꿈을 꾸면서 '노력도' 한다는 의미다. 꿈을 이룬 사람들은 모두 매일 탈진할 정도로 미래를 그렸다.

우리는 스스로 꿈꾸는 것만 얻을 수 있다

겸연쩍지만 잠시 내 이야기를 해보겠다. 내가 피카소나 콘래드 힐튼처럼 어마어마한 성공을 거둔 것은 당연히 아니지만, 매일 탈진할 정도로 미래를 그리고 또 그린 결과로 꿈을 현실로 만들었던 경험이 있기 때문이다. 나는 본래 글쓰기와는 거리가 먼 삶을 살던 사람이었다. 책도 《북두신권》이나 《드래곤볼》 같은 만화책을 주로 읽는 사람이었다. 그런데 1993년 3월, 그러니까 스무 살 3월에 학교 도서관에서 책을 읽다가 작가가 되고 싶다는 꿈을 갖게 되었다. 주변 사람들은 모두 내 꿈을 무시하고 비웃었다. 하지만 도서관의 책들은 내 꿈을 응원해주었다. 아니 꿈이 이미 이루어졌다는 사실을 믿으면 언제가 그 믿음이 현실이 된다는 것을 알려주었다.

R=VD. 수천, 수만 권의 책들은 이것이 꿈을 현실로 만드는 공식이라고 이야기하고 있었다. 나는 내가 알게 된 사실을 세상에 널리 알리고 싶었다. 그래서 R=VD에 관한 자료들을 모으기 시작했다. R=VD 공식을 우리 현실과 국내 정서에 맞춰 소개하기 위해 13년간 수많은 이론을 정리하고 실천 방법을 구체화했다. 2006년 어느 날, 이제는 책을 써도 되겠다는 판단을 했고 몇 개월 동안 책의 제목과 목차 등을 구상했다. 그리고 마침내 2007년 1월에 집필을 시작했다. 원고는 약 2개월 만에 끝냈다. 14년 가까운 세월 동안 공부하고 실천한 내용이라 빠르게 쓸 수 있었다.

사실 무명 작가 시절, 어떤 출판사도 나에게 원고 집필 의뢰를 하지 않았다. 하지만 나는 늘 썼다. 그리고 원고를 완성하면 수십 곳의 출판사에 보냈다. 그러면 한두 출판사에서 출간하고 싶다는 의사를 밝혀왔다. 꿈이 현실이 될 수 있다는 믿음과 희망을 담은 책 《꿈꾸는 다락방》은 그런 식으로 출간된 나의 열세 번째 책이다(《꿈꾸는 다락방》은 2007년 5월에 출간되었다).

나는 이 책이 많은 독자들에게 사랑받게 될 거라는 사실을 단 한 순간도 의심하지 않았다. 베스트셀러가 되어 날개 돋친 듯 팔리는 모습을 머릿속에 생생하게 그렸다. 책을 쓸 때부터 당연히 그렇게 될 것이라고 생각했고, 믿었다. 그런데 막상 책이 출간된 2007년 한 해 동안은 그렇게 많이 사랑받지 못했다. 내 기억으로 약 3만 부 정도 판매된 것으로 알고 있다. 당시 담당 편집자가 무척 안타까워했다. "이 책이야말로 베스트셀러가 되어야 하는 책인데" 하면서 말이다. 그때마다 나는 이렇게 말해주었다.

"이 책은 언젠가 반드시 베스트셀러 1위가 될 것이고, 백만 부 이상 팔릴 것이니 걱정하지 마세요."

내 꿈은 어떻게 되었을까? 여러분도 알다시피 《꿈꾸는 다락방》은 꿈의 놀라운 가능성을 증명하는 하나의 사례로 기록되었다. 출간된 지 1년 정도 지나 베스트셀러 1위 자리에 오른 것이다. 이 책은 총 200만 부가 넘게 팔렸고, 《꿈꾸는 다락방》 시리즈는 250만 부 이상 판매되었다. 그리고 10년이 지난 지금까지도 '꿈'을 다룬 자기계발 분야의 스테디셀러 자리를 굳건히 지키고 있다.

단기간에 성적을 올려 원하는 대학에 합격한 사람들, 불가능해 보이는 취직에 성공한 사람들, 평범한 연습생에서 유명 연예인이 된 사람들, 평범한 선수에서 올림픽 금메달리스트가 된 사람들, 무일푼에서 수십·수백억대 자산가가 된 사람들, 평범한 직장인에서 성공한 CEO로 변신한 사람들, 영업 꼴찌에서 영업 왕이 된 사람들, 생각처럼 풀리지 않는 연애 때문에 마음고생을 심하게 했지만 기적처럼 아주 어릴 때부터 꿈꾸어오던 사람을 만나 결혼한 사람들……. R=VD 공식을 통해 꿈을 이룬 사람들의 이야기는 셀 수 없이 많다. 가슴 벅찬 사실은 R=VD 공식을 활용해서 꿈을 이룬 사람들이 지금 이 순간에도 쏟아지고 있고 미래에도 쏟아질 거라는 것이다. 나는 여러분도 그 주인공 중 한 명이 될 거라고 믿는다.

나는 14년 7개월이라는 긴 세월을 무명 작가로 혹독하고 처절하게 보냈다. 그 시절의 나는 인간이 스스로에게 들려줄 수 있는 긍정적인 말을 모두 들려준 것 같다. 놀라운 사실은 그렇게 치열하게 나 자신에게 긍정적인 말을 들려주다 보니 어느 순간 그 말들이 내면의 용광로에 녹여져 한 편의 시가 되었다는 것이다. 그리고 그 시는 또 다시 현실이 되었다. 여러분의 무의식을 성공 VD로 가득 채워줄 나의 시 한 편을 소개하고자 한다. 지금 진행 중인, 혹은 아직 찾고 있는 여러분의 꿈이 생생한 현실이 되기를 바란다.

〈지금 당장 해야 하는 말〉

내가 오늘 너에 대해서 생각해보았는데 말이지.

"넌 잘될 거야!"

"정말 잘될 거야!"

"심히 잘될 거야!"

"진짜 잘될 거야!"

아니, 이런 말들로는 한참 부족해.

"넌 말이지. 인류 역사가 시작된 이래 너보다 더 잘 풀리는 인생을 산 사람이 없었다는 소리를 듣게 될 거야."

다시 한 번 말해줄게.

"네가 꾸는 꿈은 다 이루어질 거야."

"네가 바라는 소원도 모두 이루어질 거야."

"네가 사랑하는 사람들도 다 잘될 거야."

"네가 만나는 사람들도 모두 잘될 거야."

"넌 복 받았어. 하나님께 엄청난 복을 받았어. 그래서 넌 말이지. 잘돼! 무조건 잘돼!"

자, 여기까지 눈으로 읽었지?

이제 소리 내서 읽어볼까?

두 손을 가슴에 모으고 네 자신에게 씩씩하게 말해줘.

앞에서 내가 네게 해준 이야기들을 그대로 들려줘.

네 두뇌와 심장 속에 각인이 될 때까지 외쳐줘.

"넌 참으로 잘될 거야!"라고.[12]

아인슈타인의 실험실은 오직 '머릿속'이었다

평범한 과학자에게 "새로운 과학적 발견을 하기 위해 굳이 실험실에서 실험할 필요는 없다. 그냥 머릿속으로 실험을 상상하기만 해도 충분하다"고 말한다면 어떤 반응을 보일까? 아니 이 글을 읽는 여러분에게 묻고 싶다. 여러분은 어떻게 생각하는가? 과학 수업을 받으면서 실험은 하지 않고, 머릿속으로 상상만 해서 정확한 결과를 얻을 수 있겠는가?

아인슈타인은 과학의 역사를 새로 쓴 사람이다. 그는 상대성이론을 통해 시간과 공간의 절대성을 무너뜨리며 물리학계를 뒤흔들어 놓았다. 더 말할 것도 없이 그는 천재다. 몇백 년 만에 한 번 나올까 말까 한! 그런데 놀랍게도 아인슈타인은 실험실에서 직접 실험한 적이 거의 없다. 그는 대부분 VD 실험을 했다. 하지만 오차가 거의 없었다. 실제 측정한 값과 거의 완벽하게 맞아떨어졌다. 인류 최고의 과학자 중 한 명인 그는 VD를 하면 R이 된다는 사실을 자신의 실험을 통해서 증명했다.

아인슈타인의 상대성이론은 R=VD 공식의 힘을 증명하는 대표적인 예다. 아인슈타인은 전적으로 VD 실험을 통해 상대성이론을 완성했다. 하지만 반신반의하는 사람이 적지 않았다. 노벨물리학상 수상자인 로렌츠 박사 같은 사람은 그의 이론을 정면에서 비판하기까지 했다. 어쩌면 그것은 당연한 일이었다. 아인슈타인에게는 직접 내세울 만한 실험 결과가 하나도 없었으니까.

1919년 5월 29일 영국의 천문학자 에딘튼이 관측대를 이끌고 아프리카의 케냐로 향했다. 개기일식을 관측하면 아인슈타인의 이론이 틀렸는지 맞았는지 알 수 있기 때문이었다. 만일 아인슈타인의 이론이 사실이라면 일식 때 태양 근처의 별은 태양의 중력에 영향을 받아 진짜 위치에서 조금 떨어져 있는 것으로 보일 것이다. 관측 결과는, 아인슈타인의 승리였다. 태양 근처에 있는 별의 실제 위치를 측정한 결과 아인슈타인이 VD 실험을 통해 측정한 값과 일치했다.

정리를 하면 이렇다.

1. 아인슈타인은 과학적 성공을 거두고자 했다.

2. 아인슈타인은 VD를 했다.

3. 아인슈타인의 VD는 R이 되었다.

여러분도 마찬가지다. 꿈을 이루고 싶다면 VD를 해야 한다. 그러면 언젠가 여러분의 VD는 R이 된다.

평범한 사람들은 죽도록 열심히 공부하고 일하는 것을 성공의 제일 요소로 생각한다. 하지만 성공한 사람들은 이미 성공한 자신의 모습을 생생하게 그릴 수 있는 능력을 성공의 제일 요소로 생각한다. 둘 중 누가 옳은가? 당연히 성공한 사람들이 옳다. 호텔 왕 콘래드 힐튼이 생전에 "호텔 왕인 나와 평범한 호텔 직원들의 차이는 오직 하나, 성공을 상상하는 능력 외에는 없다"라고 입버릇처럼 읊조리고 다녔던 걸 깊이 생각해보길 바란다. 스필버그 감독이 "나는 하루 종일 꿈을 꾼다"라고 강조한 걸 떠올려보길 바란다.

아인슈타인의 경우도 마찬가지다. 평범한 과학자들이 성공은 오직 실험실에서 죽도록 연구해야 찾아온다고 믿었을 때 그는 VD를 하면 성공한다고 믿었다. 그는 여유롭게 삶을 즐겼다. 여자친구를 만나 사랑을 했고, 문학과 철학에 빠졌고, 여행을 다녔다. 직업을 선택할 때는 물리학과 전혀 관계없는 특허국 공무원을 선택했다. 그는 하루 8시간씩 특허 관련 서류를 검토하는 일로 생계를 해결했다. 그 와중에 그는 끊임없이 VD를 했다. 빛을 타고 여행하는 자신의 모습을 생생하게 그리면서, 상상 속에서 실험을 하고 측정을 했다.

상식적으로 생각하면 아인슈타인은 실패해야 옳다. 실험실에 청춘을 저당 잡혔던 사람들이 성공해야 옳다. 하지만 역사는 정반대의 사실을 입증하고 있다. 실험실에서 죽도록 실험한 사람들이 아니라 집에서 편하게 VD를 한 아인슈타인이 성공한 것이다.

7년간 '머릿속'에서만 골프를 친 남자

생생하게 꿈꾸면 이루어진다는 말은 비현실적이고 비상식적으로 들린다. 그래서 대부분의 사람들은 VD를 하지 않는다. 아마 여러분도 VD를 하지 않을 것이다. 아니 해본 적이 거의 없을 것이다.

이쯤에서 냉정하게 생각해보기를 바란다. 사회에서 성공하는 사람들의 숫자가 그토록 적은 이유는 VD를 하는 사람이 그토록 적기 때문이 아닌가를! 또 여러분이 꿈을 이룰 가능성이 희박하다고, 아무리 노력해도 어려울 거라고 벌써부터 낙담하는 것은 여러분의 인생에서 VD가 빠져 있기 때문이 아닌가를!

이제는 꽤 알려진 제임스 네스멧 소령의 이야기로 들어가 보자.

제임스 네스멧 소령은 베트남전쟁에 참전했다가 포로가 되었다. 그는 장장 7년 동안 초등학생 한 명이 겨우 누울 수 있을 크기의 독방에 갇혀 있었다. 그에게는 다른 죄수들과의 만남은커녕 대화와 운동조차 허락되지 않았다. 그가 할 수 있는 일은 둘 중 하나였다. 미쳐버리거나 상상의 나래를 펼치거나.

네스멧 소령은 후자를 선택했다. 그는 마음속에 골프장을 만들었다. 그리고 생생하게 꿈꾸었다. 골프채를 쥔 자신의 모습을, 골프장을 파릇하게 덮은 잔디를, 곳곳에 서 있는 나무들을, 그 나무 위를 오르락내리락하는 다람쥐들을, 얼굴을 스치는 바람을, 하늘에 떠 있는 구름을, 함께 골프를 치는 사람들을……. 얼마나 생생하게 상상을 했던지 그는 골프복의 촉감과 잔디 냄새와 다람쥐들이 잽싸게 움직이는 소리까지도 느끼고, 맡고, 들을 수 있었다고 한다. 제임스 네스멧 소령은 매일 4시간씩 상상의 18홀을 돌았다.

7년 뒤, 기적처럼 자유의 몸이 된 네스멧 소령이 골프채를 손에 쥐었다. 그리고 현실의 18홀을 돌았다. 놀랍게도 그는 첫 게임에서 70타를 쳐냈다. 7년 전과 비교했을 때 그의 골프 실력은 무려 20타나 향상돼 있었다.[13]

제임스 네스멧 소령이 해냈다면 여러분도 할 수 있다. 오늘부터 꿈을 이룬 자신의 모습을 매일 생생하게 그린다면 실제로도 꿈을 이룰 수 있다.

오나시스와 스필버그가 해운업계와 영화계로부터 철저하게 소외되어 있었다는 사실을 생각해보자. 오나시스는 담배 장수였고, 스필버그는 아무도 써주지 않는 영화감독 지망생이었다. 그리고 당시의 해운업계와 영화계를 생각해보자. 유명한 선박회사와 영화사에서 몸이 부서져라 일했던 유능한 인재들을 생각해보자. 상식적으로 생각하면 후자의 사람들이 성공해야 옳다. 하지만 실제로 성공한 사람은 오나시스와 스필버그다.

여러분의 경험을 한번 떠올려보자. 나름대로 최선을 다해 열심히 노력했지만 좋은 기회를 번번이 다른 사람에게 빼앗긴 적은 없었는가? 별다른 노력도 하지 않는 것 같은 경쟁자에게 의외의 패배를 당한 적은 없었는가? '이번만큼은 정말 잘될 거야'라고 생각하고 모든 희망을 걸었지만 마지막 순간에 수포로 돌아간 적은 없었는가?

어쩌면 여러분에게 좌절과 실패의 쓴맛을 안겨주었던 사람은 아무도 모르게 R=VD 공식을 실천했던 사람일 수도 있다. 어쩌면 여러분이 결정적인 순간에 눈물을 삼켜야 했던 것은 성공의 '기(氣)'라고 부를 수 있는 VD가 빠졌기 때문일 수도 있다.

실제적인 행동을 취하지 않고도 VD 하나로 빛나는 성공을 거둔 사람들의 이야기는 만일 책으로 쓴다면 100권으로도 모자랄 것이다. 꿈을 현실로 만들고 싶다면 성공을 생생하게 꿈꾸어라. 그러면 운명처럼 기회가 찾아온다.

디즈니의 상상은 어떻게 현실이 되었나

미국의 만화영화 제작자 월트 디즈니는 성공 욕구가 강한 사람이었다. 9세 때부터 새벽 3시에 일어나 신문을 배달했을 정도다. 10대 후반에는 학교를 다니면서 아르바이트를 두 개나 했다. 누가 시켜서 그런 것이 아니었다. 스스로 원해서 했다. 이유는 하나였다. 빨리 돈을 벌어서 만화영화사를 차리고 싶었기 때문이다. 하지만 당시의 디즈니는 성공하려면 무엇보다 먼저 성공 VD를 해야 한다는 사실을 알지 못했다.

평범한 사람들이 그러하듯이 디즈니 역시 열심히 일했다. 그리고 많은 돈을 모았다. 하지만 희망의 돛을 올리고 위풍당당하게 출발했던 '래프-오-그램 만화영화사'는 1년도 못 돼서 파선(破線)했고, 디즈니는 졸지에 실업자가 되고 말았다. 거래처로부터 사기를 당한 것이 원인이었다. 성공 VD를 했던 오나시스와 스필버그에게는 '귀인과의 만남'이 찾아왔던 반면, 성공 VD를 할 줄 몰랐던 월트 디즈니에게는 '악인과의 만남'이 찾아왔다는 사실을 깊이 생각해보라.

실패와 성공은 VD가 결정한다

사람들은 실패 VD를 마치 본능처럼 가지고 있다. 핵전쟁으로 파괴된 지구의 모습은 영화, 책 등을 통해 생생하게 표현할 수 있지만, 모두가 평화롭게 사는 지상낙원의 모습은 표현할 능력이 없는 존재, 그게 바로 인류다. 개인적으로도 마찬가지다. 거대한 성공을 손에 쥔 자신의 모습은 잘 그리지 못하지만 실패해서 노숙자가 된 모습은 누구나 생생하게 그리곤 한다. 여러분도 크게 다르지 않을 것이다. 성적이 크게 올라 칭찬과 인정을 받는 자신의 모습은 쉽게 그리지 못하면서, 성적이 떨어져 부모님께 혼나는 모습은 곧잘 상상하지 않는가? 성적이 오를 거라는 기대보다는 성적이 떨어질지 모른다는 걱정이 더 익숙하지 않은가?

실패 VD는 평상시에는 우리 안에 잠들어 있다가 실제로 실패를 겪게 되면 꿈틀하고 깨어나서 우리 내면을 지배한다. 한 번 실패한 사람이 계속 실패하게 되는 가장 근본적인 이유는 그 사람이 못나거나 능력이 부족해서나 열심히 하지 않아서가 아니다. 환경이 받쳐주지 않았거나 때를 잘못 만나서도 아니다. 실패 VD로 더 큰 실패들을 지속적으로 불러들이는 것이 가장 큰 원인이다.

월트 디즈니 또한 이 굴레를 벗어나지 못했다. 한 번 실패를 하자 자신감을 완전히 잃고 부정적인 VD를 하기 시작했고, 그 VD는 현실이 되었다. 디즈니의 실패 VD가 불러들인 대표적인 것들은 다음과 같다.

1. 뉴스 영화를 찍는 작은 영화사에 들어가 카메라맨이 되었지만 이내 해고되었다.
2. 월세를 못 내서 살던 집에서 쫓겨났다.
3. 밥 사 먹을 돈이 없어서 사람들이 먹다 버린 빵을 주워 먹었다.

하지만 다행스럽게도 디즈니는 약 2년 뒤에 할리우드로 갈 용기를 냈고, 실제로 할리우드에 입성했다. 아니 거지 같은 옷차림을 하고 할리우드에 도착했다.

이쯤에서 아마도 여러분은 궁금할 것이다. 여러분도 알고 있다시피 디즈니는 엄청난 성공을 거둔 인물이다. 미키마우스, 도날드 덕 등 지금도 인기를 끌고 있는 애니메이션 캐릭터를 개발했고, 이전까지 그 누구도 상상하지 못했던 거대 규모의 테마파크 '디즈니랜드'를 건설했다. 자신의 이름을 딴 회사 월트 디즈니사는 애니메이션 하면 누구나 대표적으로 떠올리는 브랜드이다. 실패 VD를 거듭하며 더 큰 실패를 불러들이던 그가 어떻게 이런 거대한 성공을 거둘 수 있었던 걸까? 자신의 꿈을 현실로 만든 것은 물론, 사람들이 머릿속에서만 막연히 상상하던 것을 현실로 만들어낼 수 있었던 비결이 무엇일까?

변화는 성공 VD에서 시작되었다. 월트 디즈니는 관찰을 잘하기로 유명한 사람이다. 다람쥐에 관한 기록영화인 〈페리〉를 찍을 때는 20여 명의 촬영팀과 함께 미국 유타 주 북부의 원시림에서 3년간 다람쥐만 관찰했을 정도다.[14] 디즈니는 그 뛰어난 관찰력으로 할리우드에서 성공한 감독, 배우, 제작자들을 관찰했다. 그리고 그들이 하나같이 성공 VD를 하고 있으며, 전문가에게 돈을 지불해가면서 VD 하는 법을 배우고 있다는 사실을 발견했다. 이후 디즈니의 인생은 성공 VD로 가득 채워진다. 다음은 디즈니의 성공 VD가 불러들인 대표적인 것들이다.

1. 생애 최초로 성공 VD를 하면서 만든 만화영화 〈이상한 나라의 앨리스〉 1~6편은 만들자마자 날개 돋친 듯 팔려나갔다. 7편에 이르러서는 인기가 떨어졌다는 이유로 제작 중지를 요청받았지만 자신이 성공 VD를 하고 있기 때문에 반드시 성공할 것이라며 밀어붙여서 12편까지 제작했다. 그러자 인기가 다시 오르기 시작했고, 디즈니는 진정한 '흥행감독'이 되었다.
2. 더욱 깊어진 성공 VD를 하면서 만든 영화 〈오스왈드〉 시리즈는 공전의 히트를 기록했다.
3. 〈미키마우스〉를 제작할 때는 직원들이 디즈니를 배반하고 다른 회사로 옮겨갔는가 하면 투자자들이 흥행성을 의심해 투자금을 거둬들였다. 하지만 디즈니는 밀어붙였고, 이 영화는 그의 성공 VD대로 사상 초유의 흥행에 성공했다.
4. 〈미키마우스〉를 만들 때부터 디즈니는 아카데미상을 수상하는 것을 생생하게 꿈꾸었는데, 4년 후 현실이 되었다.
5. 애너하임에 디즈니랜드를 세울 때는 320곳의 은행과 투자회사로부터 "실현 가능성이 없다"는 이유로 투자를 거절당했다. 하지만 디즈니는 그럴수록 더욱 생생하게 디즈니랜드를 꿈꾸었고, 결과는 우리가 아는 대로다.
6. 미국 플로리다의 애프콧 센터와 일본 디즈니랜드, 프랑스 디즈니랜

드 역시 디즈니가 온 힘을 다해 VD했던 것이다. 이 건물들은 디즈니가 죽고 나서 몇 년 뒤에 건설됐다.

"내 상상력이 내 현실을 만들어낸다"

무명 시절의 월트 디즈니는 아침에 잠에서 깨면 두 눈을 지그시 감고 할리우드 최고의 영화감독이 된 자신의 모습을 아주 생생하게 그렸다. 그러고는 관자놀이에 검지를 갖다 대고 큰 소리로 이렇게 외쳤다.

"내 상상력이 내 현실을 만들어낸다. 나는 할리우드 최고의 영화감독이다!"

훗날 자신의 VD대로 할리우드 최고의 감독이 되고 영화사까지 차리게 된 디즈니는 매일 아침 7시 30분이면 전 직원을 스튜디오에 모아놓고 다음 의식을 요구했다.[15]

1. 현재 찍고 있는 영화의 성공을 생생하게 꿈꾼다.
2. 관자놀이에 검지를 갖다 댄다.
3. 큰 소리로 "우리의 상상력이 우리의 현실을 만들어낸다. 우리가 만

드는 영화는 세계 최고의 영화다!"라고 외친다.

월트 디즈니의 사례를 통해서 우리는 다음 사실을 배울 수 있다.

1. 성공 VD 없이 열심히 하기만 해도 성공할 수 있다. 하지만 그다음이 문제다. 전혀 예기치 않은 방향에서 실패가 들이닥칠 수 있다.
2. 밑바닥까지 내려가도 성공 VD를 시작하면 희망이 있다. 기적 같은 성공을 불러들일 수 있다.
3. '래프-오-그램 만화영화사'가 아니라 '월트 디즈니 영화사'가 걸어간 길을 가고 싶다면 지금부터 성공 VD를 시작해야 한다.

여러분은 지금 어떻게 살고 있는가? 그리고 R=VD 공식을 어떻게 대하고 있는가?

만약 여러분이 무언가를 이루기 위해 그저 열심히, 많이, 오래만 하고 있다면, 그 노력이 헛되지 않게 지금부터 성공을 VD하자. 눈부신 성공이 마치 선물처럼 주어질 것이다.

가슴 아픈 좌절과 실패의 터널을 통과하고 있는 사람들도 있을 것이다. 그대로 주저앉지 않기를 바란다. 성공을 VD하라. 새로운 희망의 빛이 여러분을 비출 것이다.

디즈니의 말처럼 “내 상상력이 내 현실을 만들어낸다”는 사실을 잊지 말자. 꿈의 차이가 곧 인생의 차이다.

PART 2

'꿈'을 '현실'로 만드는 공식,
R=VD

위인들은 모두 어린아이 같은 꿈을 꾸었다

R=VD 공식은 유럽에서 미국으로 전해졌다. 그리고 한국으로 건너왔다. 유럽에서 R=VD 공식을 거의 완벽에 가까울 정도로 구사한 사람이 있다. 나폴레옹이다.

알다시피 나폴레옹은 전술 전략의 천재다. 카이사르, 칭기즈칸에 버금가는 전쟁 영웅이다. 이 위대한 사람이 전쟁에 관해서 남긴 인상적인 말이 있다.

"전쟁, 그것은 상상하는 것이다"라는 말이다.

나폴레옹은 성공의 천재이기도 했다. 일제강점기에 일본 사관학교에 입학한 조선인 청년이 일왕의 자리에 오르더니 대륙에 진출, 서구 열강을 물리치고 아시아를 통일한 뒤 아시아통일제국의 황제가 되었다고 가정해보자. 물론, 불가능에 가까운 일이다. 하지만 나폴레옹은 그런 성공을 실제로 거둔 인물이다. 그는 프랑스 식민지 코르시카에서 태어나 프랑스의 황제가 되고, 유럽대륙의 황제들을 자신의 발밑에 꿇어앉게 만들었다. 나폴레옹이 성공에 대해 남긴 말이 있다.

"성공하기 위해서는 먼저 성공을 상상해야 한다"는 말이다.

나폴레옹은 전쟁이 임박해지면 집무실에 틀어박혀서 전쟁을 상상했다. 나폴레옹 연구 권위자 중 한 사람인 막스 갈로의 표현에 따르면 전쟁을 '명상'했다. 나폴레옹은 상상 속에서 모의 전쟁을 치렀다. 먹지도 자지도 않은 채 며칠씩 계속되는 상상 속 전쟁은 나폴레옹의 군대가 완벽한 승리를 거둘 때 비로소 종료되었다.

나폴레옹은 식민지 출신이라 프랑스 정부의 지원을 거의 받지 못했다. 그의 군대는 물자와 무기는커녕 군복과 군화마저 지급이 변변찮아 '누더기 군단'이라 불릴 정도였다. 반면 그와 대치했던 유럽의 장군들은 국가의 막강한 지원을 등에 업고 있었다. 그런데 늘 이기는 것은 나폴레옹의 군대였다. 차이는 하나였다. 유럽의 장군들에게는 나폴레옹처럼 전쟁을 상상하는 능력이 없었다. 그래서 늘 나폴레옹에게 패배했다.

나폴레옹은 그 유명한 말 "내 사전에 불가능이란 없다"를 외치며, 늘 승리를 상상하고, 성공을 상상했다. 성공하기 위해 누구보다 치열하게 성공을 상상했던 나폴레옹은 30대 초반이라는 젊은 나이에 프랑스 황제로 등극해 유럽의 절반을 제패했다. 비단 전쟁만 잘했던 것이 아니다. 그는 교육, 종교, 문화, 법률 등 오늘날 프랑스의 초석을 다지며 역사상 가장 위대한 지도자의 반열에 올랐다. 영국 역사학자 엘리스테어 혼은 나폴레옹을 두고 "프랑스에 남긴 행정체제와 시민 개혁만으로도 여전히 역사상 가장 위대한 지도자의 하나로 평가될 것이다"라고 평했다. 지금까지 출간된 나폴레옹과 관련된 책은 무려 60만 종이 넘는다. 그가 어떤 영향력을 끼친 인물인지를 짐작하고도 남는 대목이다.

온 유럽에 퍼진 "사람은 믿는 대로 된다"는 믿음

나폴레옹은 R=VD 공식을 고대 팔레스타인 지역에서 살았던 한 청년으로부터 배웠다. 목수의 아들로 태어난 그는 스스로를 하나님의 아들이라고 선언했다. 그러면서 자신이 길이요, 진리요, 생명이니, 자신을 믿어야 영생할 수 있다고 덧붙였다. 그렇게 그는 신약성서의 주인공이 되었다. 한편으로 그는 인간의 운명은 태어난 환경에 의해 결정된다는 지배계급의 말이 틀렸다고 하면서 사람은 믿는 대로 된다고, 즉 생생하게 꿈꾸는 대로 된다고 주장했다.

청년의 선언과 주장은 반역 행위에 준하는 것이었다. 그는 체포되었고 고문을 당했다. 하지만 그는 자신의 말을 바꾸지 않았다. 오히려 더욱 강력히 자신의 말이 '진리'라고 선포했다. 결국 그는 비참하게 처형당했다.

그 사건이 있고 얼마 지나지 않아 그의 제자들이 나타나서 그가 생전에 했던 말들을 전파하기 시작했다. 놀랍게도 그들은 청년이 무덤에서 부활했으며, 그가 하나님의 아들이고 인류의 구원자라고 선포했다. 그런 과정 속에서 "사람은 믿는 대로 된다"는 말이 자연스럽게 세상에 전파되었다. 청년이 그랬던 것처럼 제자들 역시 전부 체포되었고 고문을 받았다. 하지만 그들 역시 누구 하나 자신의 말을 바꾸지 않았고, 그 대가로 참혹하게 처형당했다.

청년의 제자들이 전파한 말을 믿은 사람들이 있었다. 한두 명이 아니었다. 한 시대에 국한된 사람들이 아니었다. 그들은 몇 세대에 걸쳐서 지하 공동묘지에 숨어 살았다. 그 와중에 그들은 수시로 체포되었고, 잔인하게 살해되었다. 그러다가 마침내 로마 황제에 의해 믿음의 자유가 인정되자 세상에 나와서 자신들의 믿음을 온 유럽에 전파했다. 그렇게 그리스도교는 유럽의 새로운 종교가 되었다. 그리고 "사람은 믿는 대로 된다"는 R=VD 공식이 유럽에 공식적으로 등장하게 되었다.

이후 이 공식은 온 유럽에 전파되었고, 마침내는 이 공식을 통해 자신은 물론이고 세상을 새롭게 변화시키고자 하는 사람들이 나타났다. 그들은 우리가 알고 있는 유럽의 모든 것을 창조했고, 미국을 건설했다. 그중 한 사람이 바로 나폴레옹이다.

태초부터 지금까지, 위대한 일을 한 사람들은 모두……

여러분이 지금보다 훨씬 어렸던 유치원이나 초등학교 시절, 지금과는 달리 음악 실기시험이나 체육 실기시험을 앞두고 그 시험을 성공적으로 치르는 자신의 모습을 생생하게 그려본 경험이 있을 것이다. 교육학자들의 말에 따르면 이 경우 잠재력이 발휘돼서 평소보다 몇 배 뛰어난 실력이 나온다고 한다. 단지 마음으로 생생하게 꿈꾸는 것만으로 자신의 능력을 몇 배나 높일 수 있는 것이다. 이게 음악이나 체육 실기시험에만 통하는 것일까? 아니다. 인생의 거의 모든 면에 동일하게 적용된다.

나폴레옹의 사례를 보자. 그는 유년 시절의 경험을 유년 시절의 추억으로 묻어두지 않았다. 그는 음악이나 체육 실기시험에 적용되는 상상력의 힘이 인생의 모든 면에도 동일하게 적용된다는 사실을 이해했다. 실제로 그는 자신의 불리한 현실적 조건을 보는 대신 언제나 마음속의 상상력으로 빚어낸 위대한 미래를 보았다. 비록 그리 좋지 않은 성적으로 사관학교를 졸업했지만 그는 수석 졸업생들을 제치고 프랑스의 가장 유명한 장군이 된 자신의 모습을 그릴 줄 알았다. 또 프랑스 식민지 출신이었음에도 불구하고 프랑스의 황제가 된 자신의 모습을 그릴 줄 알았고, 반역죄 혐의를 받고 감옥에 갇혔을 때조차도 위대한 영웅이 되어서 감옥 문을 나서는 자신의 모습을 그릴 줄 알았다.

생각해보면 위인들은 모두 나폴레옹 같은 믿음을 가진 사람들이다. 위인들의 공통점은 마치 어린아이들이 그렇듯이 불가능한 꿈을 꾸고, 그 꿈이 반드시 이루어질 거라고 온 마음을 다해서 믿었다는 사실이다. 일례로 링컨을 생각해보자. 그는 수천 년간 내려온 악습인 노예제도를 폐지할 수 있다는 불가능한 꿈을 꾸었고, 자신의 꿈이 이루어진다는 사실을 추호도 의심하지 않았다. 만일 링컨이 자신의 꿈 대신 현실을 보았다면 과연 노예제도가 폐지될 수 있었을까? 절대로 그럴 수 없었을 것이다.

위인들이 꿈을 이루기 위해서 사용한 R=VD 공식은 다름 아닌 여러분이 유년 시절에 본능적으로 사용했던 것이다. 오래되지 않은 과거에는 여러분이 무의식적으로 자연스럽게 사용했던 것이다. 그것은 '사랑'이나 '감사'처럼 하나님께서 인류에게 주신 선물이다. 태초부터 지금까지 위대한 일을 한 모든 사람들이 공통적으로 사용한 꿈의 공식이다.

R=VD와 현대물리학의 공통점

앞에서 설명했듯이, R=VD 공식은 어떤 한가한 철학가나 문학가가 고단한 인생을 살고 있는 뭇 백성들의 마음을 위로해줄 요량으로 만들어낸, 말만 그럴싸한 성공 법칙이 아니다. 또 근대나 현대의 성공 철학자들이 제조해낸 숱한 성공 이론 중의 하나도 아니다.

어쩌면 1+1=2라든지 $E=mc^2$보다 더 신뢰할 수 있는 공식인데도 세상으로부터 그리 큰 대접을 받지 못했다. 아니 오히려 천대받은 감이 없지 않다. 사정은 지금도 마찬가지다. 집에서 또는 학교에서 한번 말해보라.

"사람의 성공은 돈이나 학별, 능력 같은 물질적인 것이 아니라 꿈꾸는 능력에 달려 있대."

아마도 그리 호의적인 반응을 얻지 못할 것이다. 철없는 소리로 취급될 가능성이 다분히 높다. 심한 경우 "헛소리 좀 그만해"라는 말을 들을 수도 있다.

인류는 꿈의 힘을 부정하는 바이러스에라도 걸린 것일까? 어쨌든 R=VD 공식은 역사적으로 세상의 인정을 제대로 받지 못했다. 몽상가들, 비현실적이고 비과학적인 사람들에게나 어울리는 말씀으로 취급당해왔다. 그러다가 20세기에 들어서 뜻밖의 사람들에게 인정을 받게 되었다. 그들은 현대물리학의 총아라고 불리는 양자론과 상대성이론을 연구하는 사람들이었다.

R=VD 공식을 인정한 과학자들

양자물리학자들은 우주가 원자보다 작은 어떤 미세물질, 즉 양자들로 가득 차 있음을 발견했다. 그리고 이 양자들이 언제라도 물질로 전환할 태세를 갖추고 있음을 밝혀냈다. 또 이 양자들이 비물질적인 힘, 즉 에너지에 반응한다는 사실도 알게 되었다.

"인간이 무엇인가를 생생하게 꿈꾸면 그 에너지가 양자들에게 영향을 미치기 시작하고, 양자들은 서서히 물질의 형태로 변화하기 시작한다. 인간이 포기하지 않고 끝없이 꿈꾸면 마침내 양자들은 완벽한 형태의 물질로 전환되어 인간 앞에 나타난다."

이것이 현대물리학의 최고봉이라 불리는 양자물리학자들이 발견한 진실이다.

양자론과 더불어 현대물리학의 양대 산맥을 형성하고 있는 상대성이론 역시 같은 말을 하고 있다.

"에너지가 곧 물질이고 물질이 곧 에너지다."

이게 상대성이론의 핵심인데, 여기에 따르면 우리가 지금 꿈꾸고 있는 것은 곧 미래의 현실이고, 지금 우리가 처한 현실은 곧 우리가 과거에 꿈꾸었던 것이다. 조금 확대해석하자면 상대성이론은 R=VD 공식의 물리학 버전이라고 할 수 있다.

다음은 R=VD 공식을 인정한 대표적인 과학자들이다.

막스 플랑크(1918년 노벨물리학상 수상), 베르너 하이젠베르크(1932년 노벨물리학상 수상), 에르빈 슈뢰딩거(1933년 노벨물리학상 수상), 폴 디랙(1933년 노벨물리학상 수상), 볼프강 파울리(1945년 노벨물리학상 수상), 존 휠러(물리학자, 신조어 '블랙홀' 작명), 데이비드 봄(영국의 이론물리학자).[16]

이런 경우를 가정해보자. 여러분이 우연히 그림 한 점을 얻게 되었다. 그런데 아무래도 피카소의 미발표작인 것 같은 느낌이 들어 루브르박물관에 감정을 의뢰했다. 루브르박물관장은 "피카소의 미발표 작품임을 보증합니다"라는 친필 보증서류를 보내왔다. 그 그림을 어떻게 대할 것인가? 그 그림을 지키고 관리하는 데 온 힘과 노력을 집중하지 않겠는가? 피카소의 '피'자만 들려도 자다가도 벌떡 일어나서 그림이 제대로 있는지 확인하지 않겠는가?

'사람은 꿈꾸는 대로 된다'라는 R=VD 공식은 양자론과 상대성이론이라는 현대물리학의 양대 산맥으로부터 그 진실성을 확증받은 지극히 과학적인 공식이다.

만약 이 공식의 효력을 믿지 않는다면 잘못하고 있는 것이다. 만일 이 공식을 실천하지 않는다면 그것은 자신도 모르게 실패를 향해 걸어가고 있다는 뜻이다.

만약 이 공식의 효력을 믿는다면 잘하고 있는 것이다. 만일 이 공식을 실천하기로 마음먹었다면 그것은 이제 꿈이 현실이 되는 길로 들어섰음을 의미한다.

무엇을 선택하든, 그것은 여러분의 자유다.

하버드대학교의 VD 실험

여러분의 뇌 깊숙한 곳에는 RAS(Reticular Activating System, 세망 신경계 또는 조직 활성화 체계라고 한다)가 있다. RAS는 주의력과 집중력을 관장하는 신경전달물질인 도파민과 노르에피네프린을 분비해서 뇌로 하여금 학습, 자기통제, 동기부여 등을 하게 한다. RAS가 제 기능을 발휘하지 못하면 어떻게 될까? 정신장애의 일종인 ADHD(주의력 결핍 및 과잉행동장애)를 앓게 된다.

한편 RAS는 뇌 속에서 특수한 기능을 수행한다. 1초에 약 1억 개씩 밀려드는 신경 펄스를 초고속으로 분류해서 중요한 것은 저장하고 하찮은 것은 삭제한다. 그렇게 RAS는 뇌의 정보혼란 또는 정보과잉 상태를 막고, 뇌로 하여금 중요한 정보에 초점을 맞추게 한다.

뇌 전문의들에 따르면 인류의 RAS는 부정적인 방향으로 진화해 왔다. 그도 그럴 것이 인류는 원시시대에는 맹수나 천재지변 등으로 인해, 문명이 시작된 이래로는 끊이지 않는 전쟁으로 인해(인류 역사를 100으로 볼 때, 전쟁이 없었던 시기는 고작 8에 불과하다고 한다) 항상 생명의 위협을 받았고, 그 결과 두뇌의 초점이 오로지 생존에 맞춰졌기 때문이다.

위험지대에서 살아남기 위해서는 절대적으로 '의심'과 '부정'이 필요하다. 어디서 바스락거리는 소리만 들려도 일단은 맹수가 아닐까 의심해야 하고, 모르는 사람은 무조건 적으로 간주해야 한다. 긴장을 늦추거나 사람을 믿으면 곤란하다. 그렇게 살다가는 짐승의 먹이가 되거나 살해당하기 십상이다.

원시시대나 전시(戰時)에는 이렇게 사는 게 옳았다. 하지만 현대는 다르다. RAS가 긍정적인 정보에 초점을 맞춰야 생존할 수 있고, 번영할 수 있다. 고객을 적으로 간주하고 고객에게 적대적으로 대하는 기업을 생각해보라. 이런 기업이 살아남을 수 있겠는가? 오늘날에는 의도적으로 클레임을 거는 고객마저 사랑으로 감싸안아 감동시키는 자세가 필요하다. 이런 마음으로 똘똘 뭉친 기업만이 살아남고, 성장한다. 굳이 기업까지 이야기할 필요 없이, 여러분도 손님에게 불친절한 식당을 다시 찾고 싶지는 않을 것이다. 쉽게 말해서 우리는

RAS의 초점이 '믿음'과 '긍정'에 맞추어진 조직과 개인만이 생존하고 번영할 수 있는 시대를 살고 있다.

그런데 안타깝게도 우리 대부분은 원시시대의 RAS를 갖고 있다. 예를 들어 학교 선생님이 이유 없이 호출하면 '내가 무슨 잘못을 저지른 게 아닐까' 하고 걱정부터 하고 본다. '내게 큰 칭찬을 해줄 거야' 하고 긍정적으로 생각하는 경우는 거의 없다.

뇌 전문의들과 심리학자들은 말한다. RAS의 초점이 부정적인 정보에 맞춰진 사람은 성공할 가능성은커녕 생존조차 힘들다고. 만일 현대사회에서 성공하고 싶다면, 실제와 상상을 구분하지 못하는 뇌의 특성을 이용하여 RAS를 긍정적인 정보에 초점을 맞추는 시스템으로 변화시켜 나가라고 말이다.

뇌는 상상과 실제를 구분하지 못한다

RAS를 변화시키기 위해서는 먼저 상상과 실제를 구분하지 못하는 뇌의 특성부터 이해해야 한다.

입 속에 방금 자른 레몬 한 조각이 들어 있다고 상상해보라. 그것을 힘껏 깨물어보라. 정상인이라면 입 속에 침이 고인다. 왜 이런 현상이 일어날까? 상상과 현실을 구분하는 능력이 없는 뇌가 실제로 신맛을 느끼고, 침을 내보내라는 지시를 내렸기 때문이다.

뇌가 상상과 현실을 구분하는 능력이 없음을 적나라하게 보여주는 한 예가 최면이다. 사람을 최면 상태에 빠지게 한 뒤, 고드름을 몸에 갖다 대면서 시뻘겋게 달아오른 쇠꼬챙이라고 말하면 접촉된 부위에 물집이 잡힌다. 뇌가 최면 상태의 상상을 현실로 인지하고, 피부를 화상으로부터 보호하기 위해서 물집을 만들라는 명령을 내리기 때문이다.

다중인격장애를 가지고 있는 사람들은 상상과 현실을 구분하지 못하는 뇌의 모습을 극단적으로 보여준다. 다중인격장애를 앓고 있지만 신체 상태는 정상인 여자 환자가 자신이 당뇨병을 앓고 있는 남자라고 상상하면 어떤 일이 벌어질까? 목소리와 행동거지가 남자로 변하고, 정상이던 혈당수치가 순식간에 당뇨병 환자 수준으로 올라간다. 역시 뇌가 상상을 현실로 받아들이기 때문에 나타나는 현상이다.

뇌의 이 특성을 이용해서 매일 30분씩 시간을 내서 꿈을 이룬 자신의 모습을 상상하면 어떤 일이 벌어질까? 뇌는 여러분이 실제로 성공했다고 믿게 된다. 그 결과 RAS로 하여금 '성공'과 관련된 정보를 가장 중요한 것으로 취급해서 자신에게 올려 보내도록 명령한다.

그리고 '실패'와 관련된 정보는 들어오는 즉시 삭제해버릴 것을 명령한다. 성공에 관한 정보는 어떤 것들일까? 자신감, 카리스마, 실천력, 행동력, 결단력, 리더십 등이다. 즉 여러분이 R=VD 공식을 지속적으로 실천하면, 리더의 사고방식과 리더의 행동력을 저절로 갖추게 된다.

하버드대학교의 연구 결과는 VD가 RAS를 얼마나 효과적으로 활성화시키는가를 잘 보여준다. 연구진은 동일한 지적 수준의 피험자들을 두 그룹으로 나눈 뒤 과제를 주면서 다음과 같이 주문했다.

A그룹 : 과제를 성공적으로 수행한 자신의 모습을 생생하게 그린 뒤, 과제를 한다.

B그룹 : 그냥 과제를 한다.

결과가 어떻게 나왔을까?

A그룹의 과제수행 능력이 100%의 정확도를 보였던 반면 B그룹은 55%의 정확도밖에 보이지 못했다.

여러분은 어떤 학생인가?

혹시 학교에서 선생님이 시킨 과제도 제대로 하지 못해서 쩔쩔 매는 학생인가? 그렇다면 오늘부터 매일 시간을 내서 학교를 주름잡는 자신의 모습을 생생하게 그려라. 그러면 RAS가 뇌의 초점을 리더십과 탁월한 학업 능력에 맞추고, 여러분은 의식하지 못하는 사이에 카리스마적 리더십을 가지고 목표를 향해 사자처럼 돌진하는 인물로 변화할 것이다.

여러분의 꿈은 무엇인가?

혹시 십수 년 내에 10억 원을 벌어서 자선사업을 하는 것인가? 그렇다면 지금부터 매일 시간을 내서 10억 원으로 자선사업을 하는 자신의 모습을 생생하게 꿈꾸어라. 그러면 RAS가 뇌의 초점을 10억 원과 자선사업에 맞추게 되고, 여러분은 10억 원을 벌 수 있는 기회-RAS가 활성화되기 전에는 코앞에 두고도 그냥 지나치곤 했던-를 잡게 된다. 자선사업을 할 수 있는 능력 역시 마찬가지다. 여러분은 10억 원을 자선사업에 투입할 수 있는 용기와 결단력을 갖추게 된다.

자수성가한 미국의 사업가 존 폴 디조리아는 고등학교 때 선생님으로부터 "뭘 해도 실패할 아이"라는 말을 들었다. 하지만 그는 그 말에 수긍하지 않았다. 이후 백과사전 판매원, 주유소 직원, 보험설계사까지 여러 직업을 전전하면서도 행복한 미래를 계속 꿈꿨다. 실패가 거듭되면서 어린 아들과 노숙생활을 하는 동안에도 미래에 대한 희망을 포기하지 않았다. 결국 그는 단돈 700달러로 시작한 헤어케어 사업을 전 세계 156개국에서 6억 달러의 매출을 내는 글로벌

기업으로 성장시켜 억만장자가 되었다.

부자가 된 후 존 폴 디조리아가 가장 먼저 한 일이 있다. 에이즈 퇴치 지원, 아프리카 난민 구호 등의 사회운동과 멸종위기 동물 보호, 아마존강 유역 산림 보존 등의 환경운동이었다. 2011년 그는 기빙 플렛지(2010년 워런 버핏, 빌 게이츠로 시작해 전 세계 200여 명이 서명한 유산을 사회에 환원하는 운동) 기부서약을 통해 사후 재산의 절반을 사회에 환원하기로 약속했다. 사실 그는 어렸을 때부터 "네가 얼마의 재산을 가졌든 너보다 더 궁핍한 사람들이 있다는 걸 잊지 마라"는 어머니의 가르침을 들으며 자랐다. 그는 집을 구할 수 없어 아들과 차에서 생활할 때도 수년 후 자선사업을 하는 자신을 꿈꿨고, 결국 그 꿈을 현실로 만들어냈다.

잠자는 미래 기억을 깨워라

조지워싱턴대학교 의대 신경과 교수이자 〈내셔널지오그래픽〉 자문위원인 리처드 레스텍 박사는 12권에 이르는 두뇌 관련 저서를 펴냈을 정도로 이 분야의 전문가다. 박사의 말에 따르면 전두엽에는 미래 기억(Future Memory)을 담당하는 부위가 있다. 이 부위는 말 그대로 두뇌로 하여금 미래를 기억하게 한다.[17]

과거가 아니라 미래를 기억한다니, 이 무슨 소리인가 할 수도 있겠다. 하지만 아인슈타인이나 스티븐 호킹 같은 물리학자에 의해 밝혀졌다시피 시간은 꼭 미래로 흐르지 않는다. 시간은 얼마든지 과거로 흐를 수 있다.

현대과학이 밝혀낸 두뇌의 능력은 전체의 10%도 되지 않는다. 나머지 90%는 무의식이라는 이름을 붙여놓고 손도 대지 못하고 있다. 뇌 의학계와 물리학계가 발견한 사실에 따르면, 우리의 무의식은 우리의 미래를 알고 있다. 그리고 그 미래를 기억으로 전환시켜서 전두엽에 저장해두고 있다.

성공학에서는 이를 두고 '성공을 향해 내려간다'라고 표현한다. 성공의 열망은 전두엽이 미래 기억을 통해서 이미 성공한 자신의 모습을 보았기 때문에 생겨난다. 즉 미래의 어느 시점에 반드시 성공해 있는 사람만이 성공의 꿈을 갖는다. 따라서 성공을 향해 올라간다는 표현은 적당하지 않다. '올라간다'라는 표현은 '분투한다', '발버둥친다' 등의 의미를 포함하고 있는데, 그것은 이미 결정된 사실을 확인한 사람이 취할 태도가 아니기 때문이다. 성공이 이미 결정되어 있음을 분명하게 알고 있는 사람은 하루하루를 발버둥치면서 보낼 수 없다. 그는 아주 편안하고 행복한 마음으로 하루를 보낼 것이다. 자신이 성공한다는 것이 기정사실임을 잘 알고 있기 때문이다. 따라서 '성공을 향해 올라간다'라는 표현 대신 '성공을 향해 내려간다'는 표현을 쓰는 게 옳다.

《불가능은 없다》라는 책을 써서 세계적인 명성을 얻은 로버트 슐러는 이 사실에 기초해서, 성공의 꿈을 가지고 있으면서도 행동하기를 망설이는 사람들에게 다음 질문을 던진 것으로 유명하다.

"만일 당신이 성공한다는 것을 확실하게 안다면, 지금 무엇을 하겠는가?"

미래 기억이 현실이 되려면 미래 기억을 담당하는 부위가 활성화되어야 한다. 이 부위가 활성화되면 다음과 같은 일이 벌어진다.

1. 두뇌가 미래 기억을 진정한 현실로 받아들인다.
2. 두뇌가 미래 기억과 실제 현실 사이의 간격을 인식한다.
3. 두뇌가 미래 기억과 실제 현실 사이의 간격을 수정이 필요한 오류로 인식한다.
4. 두뇌가 오류를 수정하기 위해서 무의식의 힘을 사용하기 시작한다.
5. 두뇌의 주인에게 미래 기억을 현실로 만들 수 있는 능력이 생겨나기 시작한다. 불굴의 의지력이나 차원이 다른 지혜 같은 내적인 능력 말이다.
6. 미래 기억과 실제 현실 사이의 간격이 점점 메워진다.
7. 미래 기억이 실제 현실이 된다.

미래 기억을 담당하는 부위를 활성화시키는 방법은, R=VD 공식을 실천하는 것이 유일하다. 리처드 레스텍 박사, 다니엘 G. 에이멘 박사, 하루야마 시게오 박사 같은 세계적인 뇌 의학자들의 공통적인 의견에 따르면 그렇다.

우리 모두의 마음속에는 자신이 되고픈 어떤 사람의 모습이 들어 있다. 만일 우리가 그 사람을 매일 생생하게 꿈꾼다면 두뇌 속에서 어떤 일이 벌어질까? 전두엽의 미래 기억을 담당하는 부위가 강력하게 활성화되면서, 꿈의 전기신호를 무의식의 세계로 자극적으로 쏘아댄다. '지금 내가 보내는 전기신호 안에 네 주인의 진정한 모습이 들어 있으니 어서 빨리 그걸 이루라'고 말이다. 그러면 무의식은 기지개를 펴고 활동하기 시작한다. 이 과정이 매일 반복되면 어떤 일이 일어날까? 자신도 모르는 사이에 꿈을 현실로 만들 수 있는 능력을 갖게 된다.

하지만 무엇도 꿈꾸지 않는다면 미래 기억을 담당하는 부위는 정지 상태로 머물게 되고, 이 역시 전기신호로 전환되어 무의식의 세계로 보내진다. '네 주인에게는 특별히 바라는 게 아무것도 없으니 여태까지 그랬던 것처럼 잠들어 있으라'는. 이 과정이 매일 반복되면 어떤 일이 벌어질까? 아주 평범한 삶을 살게 된다.

자기 자신을 한번 돌아보라. 지금 무의식에게 어떤 전기신호를 보내고 있는가?

R=VD 공식의 증거자들

세상에서 가장 믿기 어려운 것이 인간의 말이다. 인간은 지구상에서 거짓말을 하는 유일한 존재이기 때문이다. 한편으로 세상에서 가장 믿을 수 있는 것 역시 인간의 말이다. 인간은 지구상에서 목숨을 걸고 진실을 말하는 유일한 존재이기 때문이다.

'어떤 사람의 말을 믿을 수 있는가?'라는 질문에는 각자의 입장에 따라서 수천수만 가지의 답변이 있을 것이다. 하지만 세상 누구라도 다음 기준을 충족한 사람들의 말은 신뢰할 수 있다는 것에 이의를 제기할 수는 없을 것이다.

1. 꿈을 이루는 원리를 탐구하기 위해 화려한 성공을 보장해준 직업을

버린 사람. 그리고 실제로 10년 넘게 정진해서 그 원리를 발견하고 그것을 무상으로 세상에 나누고 죽은 사람.

2. 40여 년에 걸쳐서 3천만 명 이상의 사람들에 의해 시험된 결과 "당신이 하는 말은 옳다"라고 인정을 받은 사람.
3. "내 말에 이의가 있는 사람은 언제든 연락하시오"라며 전 세계인을 대상으로 자신의 주소와 홈페이지를 공개한 사람.
4. 자신의 신념을 30여 년간 실천해서 놀라운 결과를 얻고, 그 신념을 세계 20개국 100만여 명의 사람들에게 직접 가르쳐서 그들로 하여금 놀라운 결과를 얻게 만든 사람.

이 사람들은 누구이고, 이들이 무슨 말을 했는지 알아보자.

"사람은 그가 상상하는 대로 된다"

제임스 알렌은 1864년 영국에서 태어났다. 그는 1902년에 돌연 성공한 경영 컨설턴트의 삶을 버리고 영국 남부 해안가의 작은 마을로 들어갔다. 거기서 그는 10여 년간 정진에 정진을 거듭해서 어떤 원리를 발견하고 그것을 책으로 써서 세상에 알렸다.

그의 책은 전 세계적으로 1천만 부 이상 팔렸다. 이것을 오늘날의 금전가치로 환산하면 약 100억 원이 넘는다. 하지만 그는 인세를 받지 않았다. 자신이 발견한 원리가 세상으로 퍼져나가는 데 돈이 방해가 될 수 있다고 생각했기 때문이다.

그가 죽고 난 뒤 그의 책을 연구하는 사람들이 생겨났다. 그들은 제임스 알렌이 발견한 삶의 원리를 한 문장으로 요약했다.

"사람은 그가 상상하는 대로 된다"는 것이었다.[18]

맥스웰 몰츠는 미국의 성형외과 의사였다. 그는 환자들을 치료하다가 이상한 현상을 발견했다. 환자들은 믿음에 따라서 인격도 변하고 인생도 변했다. 흥미를 느낀 그는 수십 년에 걸쳐 이 현상을 연구했다. 그리고 마침내 60세가 되어 다음의 연구 결과를 세상에 발표했다.

"지금 당신이 성공한 인생을 살고 있지 못하는 까닭은 당신이 성공을 믿지 않았기 때문이다. 하루 30분씩 마음속으로 이미 성공한 자신의 모습을 생생하게 그려라. 그러면 진짜로 성공한다."

맥스웰 몰츠의 메시지는 이제껏 50여 년에 걸쳐서 3천만 명이 넘는 사람들에 의해 실험되었다. 그 결과 몰츠의 말을 따라 대성공을 거두고 그의 제자가 되어 '맥스웰 몰츠 전도사'가 된 사람은 셀 수 없이 많이 나왔지만, 효과를 전혀 보지 못했다는 사람은 거의 없었다.

댄 케네디는 말더듬이였다. 어느 날 그는 맥스웰 몰츠 박사의 이론을 접하게 되었다. 그리고 그것을 자신의 삶에 적용했다. 그는 오늘날 1회 강연에 1억 원이 넘는 강사료를 받는다고 한다. 말더듬이가 말을 유창하게 하는 자신의 모습을 생생하게 그린 결과 세계적인 강연가로 탈바꿈한 것이다.

댄 케네디가 강연하는 내용은 주로 R=VD 공식(맥스웰 몰츠의 표현에 따르면 사이코사이버네틱스)에 관한 것이다. 그의 팩스와 주소 및 홈페이지는 전 세계에 공개되어 있다(궁금한 사람은 《성공의 법칙》이라는 책 32쪽을 참고하라). 그는 사이코사이버네틱스에 궁금증이나 이의가 있는 사람은 언제든지 문의하라고 말하고 있다.

잭 캔필드는 대학 시절 내내 깡통에 든 싸구려 토마토 페이스트를 얹은 국수를 주식으로 먹고 살았다. 집이 경제적으로 최하층에 속했고 그 자신도 돈을 벌 능력이 없었기 때문이다. 하지만 그는 그렇게 인생을 끝내고 싶지 않았다. 그래서 성공한 사람들을 연구하기 시작했고, R=VD 공식을 알게 되었다. 그는 30년 넘게 그것을 실천했다. 그리고 다음과 같은 결과를 얻었다.

1. 8천만 명이 넘는 독자를 가진 세계적인 베스트셀러 작가가 되었다.
2. 〈오프라 윈프리 쇼〉를 비롯한 각종 텔레비전 프로그램의 단골 출연

자가 되었다.

3. 《포춘》지 선정 세계 500대 그룹의 빗발치는 강연 요청을 받는 인기 강사가 되었다.

잭 캔필드는 R=VD 공식을 사람들에게 가르치고 있다. 그는 지금까지 미국 50개 주와 세계 20개국에서 100만 명이 넘는 사람들을 대상으로 R=VD 공식을 체계적으로 가르쳤다. 결과는 다음과 같다.

1. 그의 제자들 중에서 자수성가한 백만장자가 셀 수 없이 많이 나왔다.
2. 자신이 다니고 있는 회사의 판매기록을 경신한 사람이 셀 수 없이 많이 나왔다.
3. 평사원에서 최고경영자가 된 사람이 무수히 나왔다.
4. 스타 배우, 스타 가수, 스타 스포츠 선수가 많이 나왔다.
5. 베스트셀러 작가가 많이 나왔다.
6. 선거에 압승해서 정치계로 입문한 사람이 많이 나왔다.

한마디로 잭 캔필드로부터 R=VD 교육을 제대로 받은 사람들은 전부 놀라운 성공을 거두었다. 잭 캔필드의 R=VD 교육 성공 사례는 미국의 각종 텔레비전 프로그램을 통해서 여러 번 방영되었다.[19]

⁘ 지금 어떤 VD를 하고 있는가? ⁘

성공한 사람과 평범한 사람, 그리고 실패한 사람의 차이점은 여러 가지가 있겠지만, 가장 결정적인 차이점을 말하라면 나는 R=VD 공식을 어떻게 대하느냐에 달려 있다고 말하고 싶다. 성공한 기업과 평범한 기업, 실패한 기업 역시 마찬가지다.

성공한 조직과 성공한 사람들에게는 다음과 같은 공통점이 있다.

1. R=VD 공식을 치열하게 실천해서 성공한다.
2. 성공을 거둔 뒤 전문가에게 막대한 비용을 지불하고 전문적인 VD 훈련을 받는다
3. 계속적으로 성공을 거둔다.

설립 초기부터 강렬한 성공 VD를 해서 성공하고, 《포춘》지 선정 세계 500대 그룹 안에 든 기업들은 정기적으로 VD 전문가를 초빙해서 1회에 수천만 원 혹은 1억 원이 넘는 돈을 지불해가며 완벽하게 VD하는 법을 배운다. 여러분에게도 친숙한 IBM, 아메리칸 익스프레스, AT&T 전기회사, 캠벨수프, 도미노피자, 선키스트, 존슨 앤 존슨, 제너럴 일렉트릭 등이 대표적이다.

빌 클린턴, 조지 부시 같은 미국 전·현직 대통령들, 힐러리 로댐 같은 미국 전·현직 상·하원 의원들, 세계최고경영자협회 회원들, 세계 각국의 올림픽 대표선수단, 안드레 애거시나 그렉 노먼 같은 최정상급 운동선수들, 톰 크루즈나 짐 캐리 같은 유명 배우들, 바네사 메이 같은 세계적인 연주자들, 앨범을 낼 때마다 빌보드 차트 1위를 기록하는 가수들, 미국의 육해공군 장성들 역시 마찬가지다. 적게는 수천만 원에서 많게는 수억 원까지 지불해가며 성공 VD 전문가로부터 체계적인 VD 교육을 받는다.

이들은 분명하게 알고 있다. 성공 VD가 자신들의 성공에 결정적인 역할을 했고, 현재에도 자신들을 성공시키고 있으며, 미래에도 역시 성공시킬 것임을!

평범한 조직과 평범한 사람들에게는 다음과 같은 공통점이 있다.

1. R=VD 공식을 믿지 않는다.
2. 전문가에게 돈을 지불하고 성공 VD 훈련을 받아야 한다는 소리를 미친 소리쯤으로 취급한다.
3. 힘들게 노력하지만 계속 평범한 현 상태를 유지하는 수준에서 그치고 만다.

이들은 일과 노력, 훈련의 양이 아니라 VD의 양이 자신을 성공으로 인도하는 결정적인 요인이라는 사실을 이해하지 못한다. 그래서 이들은 성공하기 위해 더 많이 일하고 노력하고 훈련하는 것을 택한다. 물론 그렇게 하면 사정이 조금 나아질 수는 있다. 하지만 화려한 성공은 절대로 맛보지 못한다. 반짝 성공했다가도 도로 제자리로 돌아온다. 결과적으로 보면, 이들은 언제나 평범하게 살아간다.

실패한 조직과 실패한 사람들에게는 다음과 같은 공통점이 있다.

1. 의식적으로나 무의식적으로 부정적인 VD를 하는 능력이 탁월하다.
2. 현실이 VD대로 전개되고, 좌절한 그들은 강렬한 실패 VD를 하기 시작한다.
3. 지속적인 실패를 맛보다가 마침내 재기불능 상태가 된다.

이들의 대표적인 사례는 누구일까? 붕괴 직전의 가장, 구조조정을 당할 위기에 처해 있는 사람, 사라질 운명에 처한 기업, 실직자, 파산자, 노숙자 등이다. 이들의 VD 능력은 성공 그룹의 VD 능력에 버금간다. 하지만 방향이 정반대다.

이들은 실패 VD를 하는 능력이 뛰어나다. 이들이 하는 일의 양이나 일에 쏟아 붓는 에너지의 양은 앞의 두 그룹과 별반 차이가 없다.

하지만 이들은 항상 실패한다. 외적인 면만 보자면 이들이 실패할 이유는 전혀 없다. 그래서 이들은 환경을 탓하고 세상을 원망한다. 이들은 자신을 실패로 몰아넣은 결정적인 존재가 자기 자신임을 모른다.

이제껏 여러분은 어떤 그룹의 VD를 해왔는가? 지금 어떤 VD를 하고 있는가? 성공한 그룹의 VD인가, 평범한 그룹의 VD인가, 아니면 실패한 그룹의 VD인가?

물론 청소년이 막대한 비용을 지불해가면서 전문가에게 성공 VD 훈련을 받기는 불가능하다. 그렇게 할 필요도 없다. 전문적인 훈련을 받는 것은 성인이 된 후, 꿈을 현실로 이룬 뒤 더 큰 성공을 거두기 위해 하면 된다. 지금은 그저 부정적인 VD를 멈추고 긍정적인 VD를 하는 것만으로 충분하다. 맥스웰 몰츠의 메시지처럼 "하루 30분씩 마음속으로 이미 성공한 자신의 모습을 생생하게 그려라". 그것만으로 아주 놀라운 변화가 찾아올 것이다.

PART 3

생생하게 꿈꾸면 이루어진다

상위 0.1% 공부 천재들의 VD

일본의 후쿠이 가즈시게 박사는 자신이 발명한 두뇌 혁신 프로그램을 통해 평범한 사람의 학습 능력을 수재 수준으로 향상하게 하는 것으로 유명하다. 동경대 의대 부속병원 재직 시절부터 두뇌와 학습 능력에 관해 남다른 관심을 갖고 연구해온 그는 이 방면에 관한 다수의 저서를 집필하기도 했는데, 그가 처방하는 학습 능력 향상 비법은 의외로 간단하다.[20]

"공부와 시험에 대해 긍정적인 VD를 하라. 그러면 학습 능력이 기적적으로 향상된다."

이것이 전부다.

대부분의 사람들은 시험 때문에 스트레스를 받는다. 시험 날짜가

다가오는 것을 두려워하고 시험이 어서 끝나기를 기대한다. 그런데 이 지구에는 시험 스트레스를 전혀 받지 않는 사람들도 있다. 그들은 시험을 즐긴다. 시험을 자신의 능력을 확인하는 장으로 생각하고, 다른 사람들에게 인정받을 수 있는 기회로 이해한다. 전국 석차 상위 0.1%에 속하는 학생들, 수석 졸업생들, 수석 입사자들, 각종 승진시험에서 선두를 달리는 사람들이다.

한때 나는 책을 쓰기 위해서 이런 사람들에 관한 자료를 조사한 적이 있다. 1천여 명은 학생이었고, 500여 명은 직장인이었다. 수능 및 고시 합격 수기, 인터뷰, 책 등을 통해서 발견한 이들 1,500여 명의 공통된 학습 비결은 "공부를 즐긴다"는 것이었다. 아니 좀 더 구체적으로 말하면, "재미없는 공부를 즐겁게 하기 위해 많은 노력을 기울인다. 그러면 진짜로 공부가 즐거워진다. 그리고 성적이 수직 상승한다"는 것이었다. 나는 이 발견을 책과 강연 그리고 신문과 방송 등을 통해 세상에 널리 알렸다.

그러던 어느 날 이런 의문을 품게 되었다.

"도대체 그들은 어떻게 해서 공부를 즐기려는 노력을 지속적으로 할 수 있었던 걸까?"

답을 얻기 위해서 그들에 관한 자료를 뒤지고 또 뒤졌다. 마침내 나는 답을 얻을 수 있었다. 그들은 VD가 달랐다.

나의 경우를 예로 들면, 학창 시절에 가졌던 공부 및 시험 VD는 부정적인 것 일색이었다. 나는 늘 공부가 싫었고 시험이 두려웠다. 공부 하면 떠오르는 것은 부모님의 답답한 얼굴, 선생님의 짜증스런 얼굴, 방정식 이후로 전혀 진도가 나가지 않는 수학 참고서, 가슴에 한기가 느껴지게 하는 성적표 등이었다. 그런 영상들이 나를 얼마나 힘들게 했던지, 학교를 졸업한 지 20년이 넘은 지금도 그 부담스러운 영상들을 생생하게 VD할 수 있을 정도다.

하지만 앞에서 언급한 1,500여 명의 VD는 나와 달랐다. 그들은 '공부', '시험' 하면 부모님 또는 아내의 환한 웃음, 선생님 또는 상사의 신뢰하는 눈빛, 손에 잡기만 하면 진도가 척척 나가는 각종 책들, 가슴을 설레게 만드는 시험 결과표 등을 떠올렸다.

원래 그 사람들은 학습 능력이 뛰어나니까 그런 VD를 하는 것이 당연한 것 아니냐는 질문이 있을 수 있다. 하지만 그렇지 않다. 1,500여 명 중 원래부터 학습 능력이 남달랐던 사람은 1,100여 명이었고, 나머지 400여 명은 보통 수준 이하의 사람들이었다. 즉 1,100여 명은 본래부터 긍정적인 VD를 해서 공부를 즐기는 법을 자연스럽게 터득한 사람들이었고, 400여 명은 의도적으로 긍정적인 VD를 해서 공부를 즐기는 방법을 터득한 사람들이었다. 쉽게 말해서, 평범한 사람들에게도 희망이 있다는 이야기다.

⁘ 공부 천재들의 두뇌 단련법 ⁘

베타엔도르핀이라는 호르몬은 해마와 전두엽에 분포하고 있는 A10 신경을 활성화하는 역할을 한다. 베타엔도르핀은 긍정적인 생각을 할 때마다 분비되는데, 해마를 자극해서 기억력을 상승시키고, 전두엽을 자극해서 학습의욕을 촉진한다.

쉽게 말해서, 수재나 천재 소리를 듣는 사람들은 두뇌 속에서 베타엔도르핀이 왕성하게 분비되는 사람들이라고 보면 된다. 실제로 노벨상 수상자들이나 세계적인 석학들이 연구에 몰두하고 있을 때 그들의 두뇌 속에서 베타엔도르핀이 햇빛처럼 무수히 쏟아진다고 한다. 그래서 베타엔도르핀은 천재의 호르몬이라고 불리기도 한다.

노르아드레날린이라는 호르몬은 베타엔도르핀과 반대되는 작용을 한다. 노르아드레날린은 부정적인 생각을 할 때마다 분비되는데, 두뇌 속에서 베타엔도르핀이 분비되는 것을 막아 해마와 전두엽에 분포하고 있는 A10 신경을 둔화시키는 역할을 한다.

두뇌 속에서 노르아드레날린이 많이 분비되는 사람의 특징은 공부할 의욕이 없고, 공부가 즐겁지 않고, 수업을 들어도 잘 이해하지 못하고, 시험에 자신이 없다는 것 등이다. 참고로 말하면 노르아드레날린은 코브라의 맹독에 준하는 독성물질로 알코올 중독자나 마약 중독자의 뇌에서 주로 발견된다고 한다.

포토그래픽 메모리란 한 번 본 것을 마치 디지털 카메라로 찍듯이 두뇌 속에 저장하고 불러내는 능력을 말한다. 뇌 과학자들과 두뇌 생리학자들은 사람은 누구나 포토그래픽 메모리를 가지고 있음을 발견했다.

그런데 보통 사람들은 왜 이런 포토그래픽 메모리를 사용할 수 없는 걸까? 왜 수학 천재들이나 물리학 천재들 같은 사람들만 이런 능력을 사용할 수 있는 걸까? 뇌 과학자들과 두뇌 생리학자들은 이 주제를 치열하게 파고들었다. 그리고 마침내 답을 발견했다. 천재들과 달리 일반 사람들의 두뇌는 미세한 오작동이 발생하고 있는데, 바로 이것이 포토그래픽 메모리 사용을 제한하고 있었다.

대부분의 사람들은 공부를 잘하길 원하고 각종 시험에서 우수한 성적을 거두길 원하면서도 정작 현실에서는 바보 같은 실수를 저지른다. 공부 때문에 걱정하고, 시험에서 떨어질 것을 두려워한다. 공부가 너무 좋아서 기뻐하고 즐거워하는 자신의 모습은 있는 힘을 쥐어짜도 그리지 못하지만 공부 때문에 힘들어하고 고통스러워하는 자신의 모습은 너무 쉽게 그린다. 전교 1등, 전국 1등, 사내 1등 하는 자신의 모습은 감히 상상할 엄두조차 못 내지만 평범한 성적을 받은 자신의 모습, 시험을 망친 자신의 모습은 어렵지 않게 상상한다. 자신의 소망을 파괴하는 VD를 매일 매 순간 무의식적으로 하고 있는 것이다.

그렇게 사람들은 스스로 날마다 두뇌 속에서 코브라의 맹독에 준하는 독성물질이 쏟아지게 만든다. 노르아드레날린의 분비를 촉진하여 해마와 전두엽의 활동을 둔화시킨다. 그 결과 집중력과 기억력이 저하되고 부정적인 VD는 현실이 된다. 실제로 공부를 못하고 시험을 망친다.

노르아드레날린은 포토그래픽 메모리에 치명적이다. 혹시 수업을 들어도 머릿속에 분명하게 정리되는 것이 별로 없고, 나름대로 열심히 공부하고도 중요한 내용을 번번이 잊어버리곤 하는가? 한 번 읽는 것만으로는 부족해서 노트에 정리하고 연습장에 여러 번 써보아야 비로소 외워지는 사람은 아닌가?

만일 여러분이 그런 사람이라면 포토그래픽 메모리 사용에 커다란 제한을 받고 있다는 것인데, 자신의 부정적인 VD가 이런 결과에 어떤 영향을 미쳤다고 생각하는가? 어쩌면 자신도 모르게 스스로를 평범한 학습 능력 또는 열등한 학습 능력을 가진 사람으로 만들었는지도 모른다.

VD를 바꾸면 두뇌가 변한다

공부를 잘하고 싶다면, 각종 시험에서 기적적인 결과를 얻고 싶다면 다른 무엇보다 먼저 VD를 바꾸어야 한다. 성적이 중위권이든 하위권이든 상관없다. 무조건 공부를 최고로 잘하고 시험에 거뜬히 합격하는 자신의 모습을 그리고 또 그리다 보면 두뇌가 서서히 변화한다. 노르아드레날린으로 가득 찼던 두뇌가 베타엔도르핀으로 가득 차고, 뇌파는 알파파 상태가 된다.

아인슈타인 박사가 연구에 몰입하고 있을 때 나오는 뇌파, 바둑 명인들이 대국을 할 때 나오는 뇌파, 컴퓨터 이상으로 정확한 암산 능력을 자랑하는 사람이 암산할 때 나오는 뇌파가 바로 알파파다. 알파파는 평범한 사람의 두뇌 속에 잠들어 있는 포토그래픽 메모리의 전원을 켜는 스위치이기도 하다.

학생이라면 틈날 때마다 있는 힘을 다해서 다음 그림을 생생하게 그려라.

1. 선생님의 설명을 듣는 즉시 이해하고 두뇌에 새기는 자신의 모습.
2. 교과서와 참고서를 한 번 읽는 것만으로도 그 내용을 완벽하게 기억하는 자신의 모습.

3. 보는 시험마다 성적이 수직 상승하는 그림과 그 수직 상승선이 마침내 1위에 가 닿는 그림.
4. 자신의 성장을 벅찬 감격의 눈으로 지켜보면서 환호하고 박수쳐주는 가족과 친구와 선생님의 모습.
5. 공부 비결을 배우고 싶어서 자신의 뒤를 쫓아다니는 수많은 사람들의 모습.
6. 자신의 공부 비법이 세상의 화젯거리가 되어 매스컴에 보도되고 책으로 출판되는 그림.

수험생이라면 하루 중 시간을 정해놓고 다음 그림을 생생하게 그려라. 공부가 안 될수록 더욱 열심히 그려야 한다. 그러면 마음이 안정되고 집중력이 살아난다.

1. 이미 공부한 내용만 시험에 나오는 그림.
2. 지망하는 대학 또는 직장으로부터 "합격을 축하합니다"라는 전화를 받는 모습. 이때 "하나님, 진짜로 합격하게 해주셔서 감사합니다!"라고 외치면 더욱 좋다.
3. 합격을 모두가 축하해주는 그림. 가족, 친구, 선생님이 "합격을 축하한다!", "네가 합격할 줄 알고 있었어!"라고 말하는 광경.

4. 친구들에게 합격 기념으로 한턱내는 그림. 떠들썩한 분위기에서, 한턱내는 데 들어가는 돈을 살짝 아까워하면서도, 합격한 것에 대해 기뻐하고 감사하는 자신의 모습.

온 마음을 다해서 매일 간절하게 그리는 그림은 현실이 된다. 여러분의 현재 상태가 어떻든 상관없다. 중요한 것은 매일 간절하게, 생생하게 자신이 원하는 그림을 그리는 것이다.

시험은 다가오는데 공부한 것은 없고, 모의고사 성적은 갈수록 곤두박질이고, 앞날을 생각하면 눈물과 한숨뿐이라면, 합격한 자신의 모습을 더욱 생생하게 그려라. 눈물이 날 정도로 진실하게, 가슴이 터질 것 같을 정도로 간절하게 그려라.

너무 열심히 그림을 그린 나머지 여러분이 이미 합격해서 대학생이 되었고, 취직 또는 전직이 되었고, 승진이 되었는데 지금 잠시 지나간 수험생활에 대한 꿈을 꾸고 있는 거라고 믿을 정도로 그렇게 온 힘을 다해서 그려라.

하루하루를 그렇게 살 때 비로소 인생에 기적이 찾아온다. 꿈이 현실이 되고, 그림이 실제가 된다.

인간은 누구나 천재로 태어난다

긍정적인 VD를 하면 다음과 같은 변화가 점진적으로 나타난다.

"공부라는 말만 들어도 스트레스를 받던 두뇌가 즐겁게 공부하는 두뇌로 바뀐다. 산만하기 이를 데 없고 심지어는 의지박약 증세까지 보이던 두뇌가 강력한 집중력을 발휘하고 불굴의 의지력을 가진 두뇌로 변화한다. 더 나아가서 포토그래픽 메모리 능력까지 복구한다. 그 결과 시험 준비를 완벽하게 마치게 되고 이는 기적적인 성적 향상으로 이어진다."

인간은 누구나 천재로 태어난다는 말이 있다. 그런데 실제로 천재적인 공부 능력을 발휘하는 사람은 극소수다. 공부 천재들에게는 공통점이 있다. 앞에서 말했듯이 공부를 너무 좋아하고 사랑한다는 점이다. 다름 아닌 이 감정이 이들의 두뇌를 자극해서 천재 호르몬을 쏟아내게 만든다. 그 결과 며칠 밤을 새우면서 공부해도 전혀 지치지 않고 오히려 활력이 넘치는 경험을 하게 된다.

공부 때문에 괴로운가? R=VD 공식을 실천하라. 뜨거운 자신감이 생길 것이다. 자신감은 두뇌의 능력을 크게 향상시킨다.

R=VD 공식을 지속적으로 실천하면 어떤 일이 벌어질까? 두뇌가 점점 천재적으로 변화한다. 이쯤 되면 성적 향상이나 수능 만점 같은 것은 별 의미가 없다. 그런 것은 자연스럽게 얻게 될 테니 말이다. 아마도 여러분은 새롭게 변화된 두뇌로 인류에게 도움이 되는 위대한 일을 하게 될 것이다. 여러분은 본래 천재로 태어났음을 기억하라.

평범한 직장인에서 미국 교과서를 편찬한 수학자가 된 비결

미국 초등수학 교과서를 편찬한 세계적인 수학 교육자인 서울교대 배종수 교수는 극한의 상황에서 무시무시한 VD를 해서 불가능해 보이는 시험에 합격한 대표적인 인물이다.

배종수 교수가 28세 때의 일이다. 그는 6년간의 직장생활을 접고 교수의 꿈을 이루기 위해 공부를 시작했다. 첫 번째 관문은 수학 검정고시에 합격해서 중등학교 수학교사 자격증을 따는 것이었다. 그런데 문제가 있었다. 4년제 대학교 수학과 졸업생들도 풀기 어려운 문제들만 출제되는 통에 합격자가 전국을 통틀어서 한 명 수준이었던 것이다.

청년 배종수는 잠시 자신의 현실을 돌아보았다. 그러자 머릿속에 온통 '불가능'이라는 단어밖에 떠오르지 않았다. 첫째, 그는 문과 출신이어서 미적분을 배운 적이 없었다. 둘째, 시험 준비기간이 고작 6개월뿐이었다. 6개월 안에 고등학교부터 대학 과정까지 독학해야 했다.

그래도 도전하는 수밖에 없었다. 하지만 현실은 냉혹했다. 문제를 풀기는커녕 문제 자체를 이해할 수 없었다. 괴롭고 절망스런 마음에 수학자들을 원망하고 욕하다가 마지못해 책을 붙들고 펑펑 우는 날들이 계속되었다. 청년 배종수는 그렇게 4개월을 보냈다.

하지만 교수의 꿈을 포기할 수 없다는 결론을 내리고 의도적으로 긍정적인 시험 VD를 하기 시작했다. 그는 이미 합격한 자신의 모습과 교수가 된 자신의 모습으로 마음속을 가득 채웠다. 간절하게, 진실하게, 절절하게, 생생하게 자신이 원하는 그림을 그리고 또 그렸다.

내가 인터뷰를 했을 때 배종수 교수는 당시의 심정을 "인생을 걸었다는 표현은 적절하지 않다. 당시의 나는 목숨을 걸고서 VD를 했다"라고 표현했다.

청년 배종수의 긍정적인 VD는 두뇌를 베타엔도르핀과 알파파로 가득 채웠다. 베타엔도르핀과 알파파는 사람의 두뇌 속에 잠들어 있는 천재적 학습 능력을 깨우고, 포토그래픽 메모리의 사용을 제한하는 두뇌 안의 미세한 오작동을 바로잡는다.

청년 배종수의 두뇌는 긍정적인 시험 VD를 시작한 지 한 달 만에 천재의 두뇌로 변화했다. 그리고 남은 한 달 동안 초인적인 능력을 발휘해서 시험 준비를 완벽하게 마치고, 꿈에 그리던 중등교사 자격증을 손에 쥐게 했다. 배종수 교수의 말을 들어보자.

"나는 무너져내리는 마음을 다잡기 위해 애써 밝고 긍정적인 모습을 그려보곤 했다. 그것은 바로 오랜 세월이 흐른 뒤 정년을 앞둔 나 배종수 교수의 모습이었다. 낙엽이 뒹구는 캠퍼스, 백발이 성성한 노교수 배종수, 내 강의를 열중해서 듣는 학생들……. 그런 노력이 헛되지 않았던지 시험을 한 달여 앞둔 시점부터 서서히 희망이 보이기 시작했다. 시험 20일 전에는 나 자신이 놀랄 정도로 급속한 진전을 보였다. 눈에 보이는 문제들이 곧바로 이해되기 시작했다. 감고 있던 눈을 뜬 것처럼 수학이 선명하게 들어오기 시작했다. 그해 12월 나는 마침내 합격 통지서를 받았다."[21]

지금 배종수 교수는 28세 때 목숨 걸고 그렸던 VD대로 살고 있다.

'ⸯ비현실적인 행동'은 '비현실적인 결과'를 만들어낸다

실기시험을 앞두고 있는 사람들은 세계에서 가장 큰 중국 음식점을 창업한 하림각 남상해 회장의 VD 이야기를 온 마음을 다해 듣기 바란다. 청년 남상해는 자장면 배달부 시절 국제관광공사에서 요리사 지망생을 뽑는다는 소식을 들었다. 그가 지망하는 중식 부문에서는 5명을 뽑았는데, 신청자가 무려 300명이 넘게 몰려들었다. 다들 중국요리를 제대로 배운 쟁쟁한 사람들이었다.

청년 남상해는 정식으로 요리를 배운 적이 없었다. 게다가 시험날짜는 얼마 남지 않았고, 그는 생계를 위해 자장면 배달을 계속해야 했다. 요리를 배울 시간도 없었고, 여건도 되지 않았다. 상식적으로 생각할 때 남상해는 자신의 꿈을 포기해야 했다. 하지만 그는 다행스럽게도 꿈을 포기하는 대신 R=VD 공식을 사용해서 꿈을 이루는 것을 선택했다.

청년 남상해는 마음속에 상상의 주방을 차려놓고 요리 실습을 VD하기 시작했다. 당시 그가 얼마나 생생하게 VD를 했던지 상상의 요리 속에 들어가는 조미료 알갱이 숫자까지 정확하게 맞추었다고 한다. 더불어 자신이 요리시험을 완벽하게 마친 모습, 자신의 요리에 감탄하는 시험관들의 모습, 합격자 5명 안에 당당히 들어간 자신의 모습 등을 생생하게 그렸다.

비현실적인 행동은 비현실적인 결과를 만들어낸다. 운명의 합격자 발표 날, 요리 실습 한 번 제대로 못하고 VD만 했던 남상해는 요리 실습을 열심히 하고 VD는 하지 않은 295명의 쟁쟁한 실력자들을 물리치고 당당히 합격했다.

국제관광공사 연수생이 된 뒤에도 그는 실습과 더불어 VD를 지속해서 1등 졸업생이 되었고, 연수생활 1년 만에 워커힐 호텔 조리부장으로 발령을 받았다. VD를 하지 않은 또는 남상해만큼 간절하게 VD하지 않은 다른 4명의 합격자는 남상해의 감독과 지시를 받는 조리과장과 주방장이 되었다.

현실적인 조건 때문에 꿈을 포기하고 보잘것없는 삶을 살아가는 평범한 사람들에게 남상해 회장은 말한다.

"해도 해도 안 될 때 도저히 상황이 개선될 여지가 보이지 않을 때 느끼는 좌절을 안다. 피할 곳, 숨을 데라곤 없을 때 느끼는 절망감을 안다. 그럴수록 현실에 맞서 싸워라. 희망을 품어라. 희망은 절망적인 현실을 견뎌낼 수 있는 힘과 용기를 준다. 자장면 배달부 시절 나는 아침마다 '상상의 기와집'을 지었다. 그 기와집 안에서 나는, 내가 배달 일을 하던 중국집보다 더 큰 음식점 사장이 돼 있었다. 위기가 기회이며, 벼랑 끝에 선 자가 가장 강한 법이다."[22]

태양을 향해 던지는 창이 가장 높이 올라간다

이런 가정을 해보자. 여러분의 소중한 친구가 중병에 걸렸다. 그리고 여러분에게 다음 네 명의 의사 중 한 명을 선택할 권리가 주어졌다.

1. 시내 최고의 전문의
2. 도내 최고의 전문의
3. 한국 최고의 전문의
4. 세계 최고의 전문의

여러분은 넷 중 누구를 선택하겠는가?

여기서 또 하나의 가정을 해보자. 여러분에게 또 하나의 선택권이 주어졌다. 이번에는 두 의사 중 한 명을 고를 수 있다. 둘 다 세계 최고의 실력을 가졌다.

첫 번째 의사는 수술기계 같은 사람이다. 그에게 실력은 있지만 사랑은 없다. 돈이 없는 환자는 쳐다보지도 않는다. 그는 오직 거액을 지불하는 환자만 치료한다.

두 번째 의사는 성자 같은 사람이다. 그에겐 실력과 사랑이 있다. 돈에는 관심이 없다. 가난한 사람은 무료로 치료해주고 심지어는 생활비를 보조해주기까지 한다. 그는 21세기의 슈바이처라고 불리는 사람이다.

둘 중 누구에게 친구를 맡기겠는가?

다시 이런 가정을 해보자. 여러분의 소중한 친구가 부자가 되고 싶어 하고, 여러분은 그에게 다음 네 명 중 한 명을 소개해줄 수 있다. 누구를 소개해주겠는가?

1. 시내 최고의 부자
2. 도내 최고의 부자
3. 한국 최고의 부자
4. 세계 최고의 부자

아마도 당연히 세계 최고의 부자를 소개해줄 것이다. 자, 그러면 이번에도 또 다른 가정을 해보자. 여러분은 그에게 세계 최고의 부자 두 사람 중 한 명을 스승으로 소개해줄 수 있다.

첫 번째 부자는 돈 버는 기계 같은 사람이다. 그는 오직 자기 자신을 위해서 돈을 번다. 그리고 오직 자기 자신만을 위해서 돈을 쓴다.

두 번째 부자는 부를 예술의 경지로 승화시킨 사람이다. 그는 사람들을 행복하게 만들어주고 싶어서 돈을 번다. 그는 세계 최고의 기부자요, 재산환원가다.

둘 중 누구를 소개해주겠는가?

어떤 사람을 멘토로 삼을 것인가?

부자가 되는 방법은 아직 어린 여러분에게는 다소 먼 이야기일 수 있다. 하지만 여러분이 꿈을 현실로 만들기 위해, 어떤 사람을 멘토로 삼을 것인가에 있어서 일맥상통하는 부분이 많아 소개하고자 한다. '부자'라는 단어를 여러분의 꿈을 실제로 이룬 대상으로 대체해서 생각해보면 좋겠다.

세상엔 부자들이 넘쳐난다. 그리고 그들이 말하는 부자 되는 방법도 넘쳐나고 있다. 그런데 안타깝게도 시중에 흘러넘치는 부자 되는 정보란 대부분 10억 원 정도를 번, 진짜 부자세계에서는 가난뱅이에 속하는 사람들이 제공하는 것이다.

진짜 부자가 되고 싶다면 최고의 부자가 알려주는 방법을 배워야 한다. 10억 원, 100억 원 수준의 부자가 하는 이야기를 들어서는 안 된다. 조 단위, 경 단위의 부를 쌓은 사람들이 말하는 돈 버는 방법을 배워야 한다.

"태양을 향해 던지는 창이 가장 높이 올라간다"는 말이 있다. 부자가 되는 것도 마찬가지다. 세계적인 부자들의 방법을 따라 해야 진짜 큰 부자가 될 수 있다. 10억 원, 100억 원을 번 사람들의 방법을 따라 하면 잘해야 1억 원이나 2, 3억 원 정도밖에는 벌지 못한다.

하지만 아무리 세계 최고의 부자라고 해도 그는 본질적으로 가난뱅이일 수 있다. 만일 그가 마음으로 돈을 이긴 사람이 아니라 돈의 노예라면, 그는 본질적으로 최하층 빈민과 다를 바 없다.

진정한 부자가 되는 방법은 오직 다음과 같은 사람을 통해서만 배울 수 있다.

1. 밑바닥부터 시작해서 세계 최고의 부를 모은 사람.
2. 돈보다 인간을 존중하는 삶을 산 사람.

3. 주변의 평범한 사람들에게 부자가 되는 방법을 가르쳐서 모두 억만장자 이상의 부자로 만들어준 사람.
4. 자신이 쌓은 부를 아낌없이 사회에 환원하고 떠난 사람.

이런 부자가 과연 있을까? 우리나라에는 강철 왕으로 소개된, 그러나 세계적으로는 자선 왕으로 알려진 앤드류 카네기가 바로 그런 부자다. 한마디로 앤드류 카네기가 말하는 부자 되는 방법은 신뢰할 수 있다.

앤드류 카네기는 인류 역사상 세 손가락 안에 드는 부자로 알려져 있다. 하지만 그의 시작은 초라했다. 그의 첫 출근지는 면직물 공장이었다. 그는 하루 종일 얼레를 잡고 실을 감는 일을 하면서 주급으로 1달러 20센트를 받았다. 그 일이 얼마나 고통스러웠던지 매일 밤 자다가 소리를 지르면서 깨어날 정도였다. 그 고통의 굴레를 벗어날 수 있는 방법은 하나였다. 부자가 되는 것이었다. 카네기는 열정적으로 부를 꿈꾸기 시작했다.

알다시피 미국은 영국에서 시작된 성공학이 화려하게 꽃을 피운 국가다. 지금도 그렇지만 앤드류 카네기 시절에도 미국인들은 마음만 먹으면 누구나 성공학 서적을 접할 수 있었다.

소년 카네기는 독서광이었다. 그 힘든 공장 일을 하면서도 매일 따로 시간을 내서 책을 읽었고, 공장이 쉬는 날이면 아침부터 도서관으로 달려갔을 정도였다. 모든 성공학 서적에는 R=VD 공식이 적혀 있다. 성공학 서적의 열혈 애독자였던 소년 카네기는 책을 통해 이 공식을 알게 되었다.

앤드류 카네기는 성공학 서적에서 배운 R=VD 공식을 자신만의 독특한 스타일-후일 앤드류 카네기의 '소망 달성을 위한 6가지 원칙'으로 세상에 공개된-로 발전시켰다. 이후 그는 손대는 사업마다 성공했고 세계 최고의 부자 중 한 명이 되었다. 하지만 "부자로 죽는 것은 가장 큰 수치다"라고 말하며 세상을 떠나기 전에 재산의 대부분을 교회와 사회에 기부했다.[23]

결론적으로 말해서, 우리는 앤드류 카네기라면 소중한 사람들에게 부의 멘토로 안심하고 소개해줄 수 있다. 부가 아닌 다른 분야의 멘토를 찾을 때도, 다음과 같은 조건을 충족한다면 그는 앤드류 카네기와 마찬가지로 안심하고 멘토로 삼을 수 있는 인물이다.

1. 밑바닥부터 시작해서 세계 최고의 자리에 오른 사람.
2. 인간을 가장 존중하는 삶을 산 사람.
3. 주변의 평범한 사람들에게 꿈을 이루는 방법을 가르쳐서 모두 세계 최고의 자리에 오르게 해준 사람.

4. 지식이든 부든, 자신이 쌓은 것을 모두 아낌없이 사회에 환원하고 떠난 사람.

다시 한 번 말하지만 태양을 향해 던지는 창이 가장 높이 올라간다. 지금 자신의 꿈을 생각해보자. 그리고 그 꿈을 이룬 사람, 그래서 따라 하고 싶고, 닮고 싶은 사람을 떠올려보자. 진짜 꿈을 이루고 싶다면, 그저 그 꿈을 이룬 사람이 아니라 그 꿈을 이룬 사람 중 최고가 알려주는 방법을 배워야 한다.

카네기의 '소망 달성을 위한 6가지 원칙'

앤드류 카네기가 밝힌 '소망 달성을 위한 6가지 원칙'은 다음과 같다. 카네기의 소망이었던 돈 대신 여러분의 소망을 대입해서 읽어 보면 좋을 것이다.

1. 원하는 돈의 액수를 명확하게 정한다.
2. 그 돈을 얻기 위해서 무엇을 할 것인가를 결정한다.
3. 그 돈이 내 손에 들어오는 날짜를 분명하게 정한다.
4. 그 돈을 벌기 위한 상세한 계획을 세우고 즉시 행동에 들어간다.
5. 위의 4가지 원칙을 종이에 적는다.
6. 종이에 적은 것을 매일 두 차례, 아침에 일어났을 때와 밤에 잠들기

전에 큰 소리로 읽는다.

가장 중요한 것은 원하는 금액의 돈을 원하는 날짜에 이미 얻은 자신의 모습을 생생하게 그리는 것이다.

조금 황당할 것이다. 나도 처음에 이 원칙을 접했을 때는 적잖이 당황스러웠다. 이건 완전 '코끼리를 냉장고에 집어넣는 방법'과 흡사하지 않은가.

1. 코끼리를 구한다.	↔	1. 얻고 싶은 돈의 액수를 쓴다.
2. 냉장고 문을 연다.		2. 얻고 싶은 날짜를 쓴다.
3. 코끼리를 넣는다.		3. 종이에 적힌 것을 큰 소리로 읽는다.
4. 냉장고 문을 닫는다.		4. 돈이 생긴다.

이렇게 해서 부자가 될 수 있다면 누구나 다 부자가 되겠다고 비아냥거렸던 기억이 난다. 이 원칙을 최초로 접했던 스무 살 무렵, 그 철없던 시절에는 말이다.

앤드류 카네기 시대의 사람들도 나와 비슷한 심정이었나 보다. 카네기는 가난에 허덕이는 사람들이 부자가 되었으면 좋겠다는 선한 마음에 자신이 정립한 부자 되는 방법을 세상에 공개했다. 그러나 세상 사람들은 그것을 비웃고 신뢰하지 않았다. 20여 명의 사람들을 제외하고는.

주로 카네기의 친인척이었던 그들은 카네기의 원칙을 무시하지 않았다. 그들은 심히 진지하게 받아들였다. 아니 심히 진지하게 받아들일 수밖에 없었다. 그들은 카네기가 이 원칙을 하루도 빼놓지 않고 실천해서 마침내 세계 최고의 부자가 되는 과정을 바로 옆에서 지켜보았기 때문이다. 그들은 카네기의 원칙을 열성적으로 실천했고, 오래지 않아 모두 억만장자가 되었다.

카네기의 소망 원칙으로 탄생한 《갈매기의 꿈》

앤드류 카네기는 포기할 줄 모르는 사람이다. 그는 객관적인 방법으로 사람들을 설득하기로 마음을 먹었다. 그는 나폴레온 힐이라는 신문기자를 초대해서 다음과 같은 제안을 했다.

"미국에서 자수성가한 대표적인 부자들이 내가 실천한 원칙을 사용해서 성공하고 또 부자가 되었다는 사실을 밝혀주시오. 시간이 얼마나 걸리든, 비용이 얼마가 들든 상관없소."

나폴레온 힐은 이 제안을 받아들였다. 그리고 조사를 시작했다. 이 지독한 신문기자는 놀랍게도 미국의 자수성가한 성공자들을 대상으로 무려 20년 넘게 조사를 벌였다. 그리고 마침내 그 결과를 세상에 알렸다. 그중 부자가 되는 방법에 대해서만 말하겠다. 나폴레온 힐은 이렇게 결론지었다.

"사고(思考)라는 것은 하나의 물체다. 사람의 사고가 부(富)를 부른다."[24]

나폴레온 힐의 연구에 의해서 객관성을 검증받은 앤드류 카네기의 부자 되는 방법은 발표되자마자 미국 전역으로 들불처럼 퍼져나갔고, 셀 수 없이 많은 억만장자를 탄생시켰다. 이 성공론은 오늘날에도 그의 정신적 제자들에 의해서 미국 전역에서 학습되고 있으며, 대학에서도 정식 과목으로 채택되고 있다.

아직 성공학에 익숙하지 않은 우리나라 사람들에게는 나폴레온 힐의 이야기가 여전히 어색할 것이다. 심지어는 허황된 이야기처럼 들릴 것이다. 하지만 미국인들은 다르다. 그들은 풍부하고 객관적인 증거들을 통해서 나폴레온 힐의 성공학을 접한다. 그 진실성을 두 눈으로 직접 확인할 수 있으니 받아들이는 속도가 아주 빠르다. 실천하는 속도 역시 마찬가지다. 그렇게 그들은 빠르게 부자로 변화한다. 성공학의 관점에서 보면, 지금 이 순간에도 전 세계 부의 90% 이상이 미국으로 집중되고 있는 현상의 이면에는 나폴레온 힐의 부자 되는 방법이 있다.

나는 가끔씩 이런 생각을 해본다. 만일 우리나라에 앤드류 카네기와 나폴레온 힐 같은 사람이 있었다면 오늘날 미국의 자리를 우리나라가 대신하고 있을 거라고.

여담을 하나 덧붙이겠다. 앤드류 카네기가 공개하고 나폴레온 힐이 대중화한 앤드류 카네기의 '소망 달성을 위한 6가지 원칙'을 조금 특이하게 사용해서 자신의 꿈을 이루고 덤으로 억만장자까지 된 사람이 있다.

그의 직업은 비행기 조종사였다. 대형 여객기나 전투기 조종사를 상상하지 않기를 바란다. 그는 고물 비행기를 모는, 누구도 알아주지 않는 초라한 조종사였다. 아니 그 조종사 노릇도 얼마 하지 못했고, 그 후 수많은 밑바닥 직업을 전전했다.

그의 꿈은 작가였다. 그것도 세계적인 작가였다. 하지만 불행히도 그의 작품을 받아주는 출판사는 단 한 곳도 없었다. 그래서 그는 동네 인쇄소에서 자비로 책을 만들어야 했다. 이후 그는 발이 부르트도록 서점을 찾아다니며 책을 진열했다. 하지만 어느 누구도 그의 책을 사지 않았다.

그러던 어느 날 그는 앤드류 카네기의 '소망 달성을 위한 6가지 원칙'을 알게 되었다. 그의 간절한 소망은 부자가 되는 것이 아니라 세계적인 작가가 되는 것이었기에 그는 종이에다 이렇게 썼다. "나의 작품이 전 세계에서 인정받는 날이 오고야 만다!" 그러고는 벽에다 붙여놓고 아침저녁으로 큰 소리로 읽으면서 세계적인 작가가 된 자신의 모습을 생생하게 그렸다.

그렇게 1년이 지나고, 3년이 지나고, 5년이 지나고, 8년이 지났다. 9년째 되던 어느 날이었다. 갑자기 그의 책이 캘리포니아 연안의 히피들을 중심으로 들불처럼 번져나가기 시작했다. 히피들은 마치 마약에 빠진 것처럼 그의 책에 빠져들었다. 마침내 그의 책은 〈뉴욕타임스〉 베스트셀러가 되었고, 세계 20개국으로 판권이 팔려나가 세계적인 베스트셀러가 되었다. 그의 이름은 리처드 버크, 책 제목은 《갈매기의 꿈》이다.[25]

여러분도 리처드 버크처럼 앤드류 카네기의 '소망 달성을 위한 6가지 원칙'에 자신만의 소망을 대입해보자. 만약 리처드 버크와 마찬가지로 세계적인 작가가 되는 것이 꿈이라면, 카네기의 소망 원칙을 다음과 같이 활용할 수 있을 것이다.

1. 원하는 소망을 명확하게 정한다. 예를 들어 노벨문학상을 수상하겠다든지, 아니면 100만 부 이상 팔린 베스트셀러를 쓰겠다든지.

2. 그 소망을 이루기 위해서 무엇을 할 것인가를 결정한다.
3. 그 소망이 이루어지는 날짜를 분명하게 정한다.
4. 그 소망을 이루기 위한 상세한 계획을 세우고 즉시 행동에 들어간다.
5. 위의 4가지 원칙을 종이에 적는다.
6. 종이에 적은 것을 매일 두 차례, 아침에 일어났을 때와 밤에 잠들기 전에 큰 소리로 읽는다.

남다른 상상력, 남다른 현실

평범한 부자들은 부자가 되는 방법으로 증권투자나 부동산투자 같은 물질적인 방법을 든다. 조금 수준 있는 부자들은 "부를 가져다 주는 지식을 쌓으라"고 조언한다. 큰 부자들은 "사람의 마음을 알고 세상 돌아가는 이치를 파악하라"고 말한다.

세계 최고의 부자들은 뭐라고 말할까? 그들은 물론 앞의 세 가지가 부자 되는 방법임을 인정한다. 하지만 한 가지가 더 필요하다고 말한다. 바로 마음속에 세계 최고의 부자가 된 자신의 모습을 완벽하게 그리라는 것이다.

인류 역사상 세 손가락 안에 드는 부자, 현 시대의 세계 최고 부자,

아시아 최고 부자, 일본 최고 부자, 일본 최고액 개인 납세자(2007년 기준)가 공통적으로 하는 이야기를 들어보자.

록펠러는 카네기와 함께 인류 역사상 세 손가락 안에 들어간다는 부자다. 하지만 그의 시작은 카네기 못지않게 초라했다. 록펠러는 한 작은 회사의 경리로 직장생활을 시작했는데, 일일 노동자가 받는 임금에도 훨씬 못 미치는 월급을 받았다. 하지만 그는 오래지 않아 몇 개의 사업체를 가진 사람이 되었고, 거부가 되었다.

록펠러 전기 작가들의 기록에 따르면, 최저 임금을 받으며 기약 없이 살던 청년 시절의 록펠러에게는 특이한 습관이 있었다고 한다. 그는 거의 매일 취한 사람처럼 보였는데, 술을 마셔서 그런 게 아니라 혼자만의 상상에 빠진 나머지 그렇게 보였다고 한다. 그 상상이란 무엇이었을까? 자신의 통장으로 돈이 물밀 듯이 입금되는 상상이었다고 한다.[26]

빌 게이츠는 세계 최고의 부자 중 하나다. 여러분도 알다시피 그는 컴퓨터 산업을 통해서 거대한 부를 쌓았다. 그렇다면 어떻게 해서 그의 컴퓨터 산업은 세계를 지배하게 되었을까? 이 질문에 빌 게이츠는 지난 십몇 년 동안 질리도록 답변했다.

"나는 십 대 시절부터 세계의 모든 가정에 컴퓨터가 한 대씩 설치되는 것을 상상했고, 또 반드시 그렇게 만들고야 말겠다고 외쳤다.

그게 시작이다."

워런 버핏 역시 세계 최고 부자 중 한 명이다. 그가 처음 주식투자에 뛰어들었을 때 그의 출자금은 고작 100달러에 불과했다. 하지만 3년 뒤 100만 달러를 벌었고, 10년 뒤에는 1천만 달러, 30년 뒤에는 14억 달러를 벌었다. 그 뒤로도 그의 자산은 수백 억 달러로 불어났다. 빌 게이츠가 세계 컴퓨터 시장을 지배하기 전까지 그는 세계 제일의 갑부였다. 워런 버핏은 한 잡지와의 인터뷰에서 세계 제일의 갑부가 될 수 있었던 비결을 이렇게 밝혔다.

"아주 어렸을 때부터 내 마음속에는 세계 제일의 부자가 된 나의 모습이 선명하게 자리 잡고 있었다. 나는 내가 거부가 되리라는 사실을 의심해본 적이 단 한순간도 없었다."

리자청은 아버지가 폐병으로 사망하자 중학교를 중퇴하고 찻집에 취직해서 차를 따르는 종업원으로 사회생활을 시작했다. 하지만 그는 현재 아시아 최고의 부자 중 하나다. 그는 홍콩 상장기업의 4분의 1을 소유하고 있고, 전 세계에 460개가 넘는 기업을 갖고 있다. 파나마 운하와 부산 컨테이너터미널의 소유주이기도 하다. 캐나다에서는 밴쿠버에 새로운 도시를 건설하고 있을 정도다. 한번은 그가 기자들로부터 "어떻게 해서 찻집 종업원에서 아시아 최고의 재벌이 될 수 있었는가?"라는 질문을 받았다. 리자청은 이렇게 대답했다.

"나는 언제나 최고의 부자가 된 나 자신을 상상했다. 비결이라면 그것뿐이다."[27]

참고로 덧붙이면 리자청은 지금도 잠자리에 들기 전 다음 날 업무를 완벽하게 수행하는 자신의 모습을 생생하게 꿈꾼다고 한다.[28]

손정의는 일본 최고의 부자다. 지금은 동양의 빌 게이츠라 불리지만 처음 사업을 시작했을 때는 참으로 불쌍했다. 정식 직원을 채용할 돈이 없어서 아르바이트생 두 명을 데리고 사무실을 열어야 했으니 말이다. 더군다나 그중 한 명은 월급을 못 받을 것 같은 불안감에 한 달도 못 돼서 그만두었다.

"나는 열아홉 살에 내 꿈을 명확히 설계했다. 이십 대에 내 분야에서 이름을 얻고, 삼십 대에 현금 천억 엔을 모으고, 사십 대에 정면승부를 걸고……."

이상은 손정의가 자신의 책과 인터뷰 기사 등에서 수없이 밝힌 성공 비결이다. 생생히 꿈꾸는 것만으로는 모자라, 꿈을 건축물의 도면처럼 '설계'를 해버렸다는 그의 이야기는 꿈꾸기조차 두려워하는 우리에게 너무도 큰 도전으로 다가온다.

사이토 히토리는 대형 트럭 운전수의 조수로 사회생활을 시작했다. 말이 조수지 실제로 하는 일은 트럭의 화물을 운반하는 것이었다. 하지만 그는 지금 개인 사업자로는 일본 최고의 부자다. 지난 9년간 납부한 세금만도 무려 1,381억 9,100만 원에 달한다(2007년 기준). 그는 놀랍게도 "노력만 하면 절대로 부자가 될 수 없다"고 말한다. "부자가 되고 싶으면 부를 끊임없이 상상하라"고 조언한다. 그러면 부가 저절로 찾아온다는 것이다.

물론 상식적으로 볼 때 말도 안 되는 소리다. 그래서 대부분의 사람들은 그의 말을 귀담아 듣지 않았다. 하지만 10여 명의 사람들이 그의 말을 믿고 실천했다. 그리고 진짜로 모두 갑부가 되었다. 이 사람들은 현재 일본에 살고 있으며, 이들의 이야기는 책과 매스컴을 통해 여러 차례 소개되었다.[29]

지금 여러분의 소망은 무엇인가? 그 소망을 이루기 위해 무엇을 하고 있는가? 빌 게이츠처럼, 손정의처럼, 그 소망을 이루고 최고가 된 자신의 모습을 선명하게 그려라. 남다른 상상력이 남다른 현실을 만든다.

건강하고 싶다면 '사랑'을 VD하라

"진정한 의사는 당신의 마음속에 있다."

– 히포크라테스 –

세상엔 두 가지 유형의 사람이 있다.

1. 매일 새벽에 가뿐하게 일어나는 사람, 매일 냉수마찰을 하는 사람, 하루 한 시간 이상 열심히 운동하는 사람, 철저하게 균형 잡힌 식사를 하는 사람, 몸에 좋다는 음식은 가리지 않고 꼭 챙겨먹는 사람, 정기적으로 병원에 들러 의사에게 진찰 및 조언을 받는 사람.
2. 자명종 소리에 쫓기듯 일어나는 사람, 냉수마찰은 엄두도 못 내는 사람, 운동을 해야 한다고 생각하면서도 실제로는 하지 않는 사람, 되는 대로 먹는 사람, 몸에 좋다고 소문난 음식을 거의 먹지 않는 사람, 심하게 아플 때만 병원을 찾는 사람.

여러분은 어떤 사람인가? 만일 전자라면 건강한 사람이고, 후자라면 건강하지 못한 사람이다. 이것은 상식이다. 하지만 상식이 진실이 될 수는 없는 법이다. 세상의 모든 진실이 그렇듯이 건강의 진실 또한 상식이 뒤집힌 곳에 있는 것 같다. 전자처럼 사는 사람들이 오히려 큰 병에 걸리고 단명하는 경우도 많고 후자처럼 사는 사람들이 큰 병치레 없이 장수하는 경우도 많기 때문이다. 물론 반대의 경우도 성립한다.

즉 진실은 이렇다. 사람의 건강을 책임지는 것은 운동, 음식, 의사 같은 물질적인 조건 이상의 것이다. 이는 의학계의 연구를 통해서도 입증되었다. 많은 사례 중에서 대표적인 것 세 가지만 보자.

1. E. 아이들러 박사는 12년간 3천여 명의 흡연자를 대상으로 흡연이 건강에 미치는 영향에 대해서 조사했다. 결과는 놀라웠다. 흡연은 어떤 사람들에게는 치명적인 영향을 끼쳤지만, 어떤 사람들에게는 별다른 영향을 끼치지 않았다. 사망률에서도 크게 차이가 났다. 전자의 사망률이 후자보다 무려 7배 이상 높았다. 한마디로 사람의 건강에 좋지 않은 영향을 미치는 것은 흡연 이상의 어떤 요인이었다.
2. 스탠포드대학교 의학과 교수 케네스 펠레티에는 모범이 될 정도로 건강한 삶을 살고 있는 사람들을 대상으로 그 비결을 조사했다. 처음

에 그는 돈, 식사습관, 운동 같은 물질적인 것을 생각했다. 하지만 조사 결과는 전혀 달랐다. 물질적인 것들은 건강에 큰 영향을 미치지 못하고 있었다. 케네스 펠레티에 교수는 자신이 발견한 건강의 핵심 비결을 세상에 발표했다.

3. 미시간대학교 심리학연구소장 제임스 하우스는 미시간 주에 거주하는 3천여 명의 성인들을 대상으로 10여 년간 건강 상태를 조사했다. 그 결과 어떤 특정한 행동을 하는 사람들은 그렇지 않은 사람들보다 병에 걸려 죽을 확률이 무려 2.5배나 낮다는 것을 발견했다. 그 특정한 행동은 비물질적인 것이었다.

E. 아이들러 박사의 '어떤 요인'과 케네스 펠레티에 교수의 '핵심 비결', 그리고 제임스 하우스 소장의 '특정 행동'이란 대체 무엇일까? 바로 VD와 사랑이다.

E. 아이들러 박사는 말한다.

"담배를 피우면서 흡연 때문에 건강이 나빠질 거라고 생각한 사람들은 건강이 악화되면서 일찍 죽었다. 반면 흡연이 건강에 별 영향을 미치지 못할 거라고 생각한 사람들은 별다른 영향을 받지 않았다."

케네스 펠레티에 교수는 말한다.

"건강의 핵심 비결은 마음가짐이다. 특히 사람들을 진실하게 사랑하고 섬기는 것이다.”

제임스 하우스 소장은 말한다.

“그 특정한 행동이란 사랑과 봉사다. 적극적으로 사랑의 봉사를 하는 사람들은 건강하게 오래 산다.”

쉽게 말해서, 마음속에 사랑이 없고 건강한 자신의 모습을 그릴 수 있는 능력이 부족하면 제아무리 음식을 엄격하게 가려먹고, 운동을 철저히 하고, 최상의 의료 혜택을 받아도 그 모든 게 헛수고가 될 수 있다는 것이다. 반대로 건강을 지키기 위한 별다른 노력을 하지 않더라도 병에 대한 생각이 마음속에 침투하는 것을 허락지 않고, 다른 사람들을 내 몸처럼 사랑하면 누구보다 건강하게 살 수 있다는 것이다. 즉 건강을 지켜주는 2대 핵심 요소는 사랑과 VD다.

요즘 청소년은 무척 바쁘다. 어쩌면 직장인보다 더 바쁜 것 같다. 학교를 마치면 학원 수업이나 과외를 받고, 또 독서실에서 새벽까지 공부하는 것이 일상이다. 연예인을 준비하는 학생들은 학원이나 독서실 대신 연습실에서 밤새 땀을 흘린다. 아직 혈기왕성하기에 건강에는 크게 관심을 기울이지 않는 경우가 많지만, 꿈을 현실로 바꾸는 데 있어 건강은 아주 중요한 요소다. 몸이 아프면 아무것도 하기 싫고 만사가 귀찮아지는 경험을 해본 적이 있을 것이다. 아무리 꿈을 향해 열심히 달려가고 싶어도, 체력이 받쳐주지 않으면 불가능하다는 것은 여러분도 잘 알고 있을 것이다. 그러니 건강을 위한 VD에도 관심을 기울이기 바란다.

⁘ 상상력이 건강과 병에 미치는 영향 ⁘

미국 포터워스 암연구센터의 칼 사이몬트 박사는 다음과 같이 말한다.

“만일 어떤 공동체의 구성원들이 어떤 계기로 인해 암에 걸리면 반드시 죽는다는 의견을 갖게 되고, 의식적으로든 무의식적으로든 암 환자들이 사망하는 광경을 집단적으로 상상하기 시작하면 실제로 그 공동체 내 암 환자들의 사망률이 급격히 상승한다. 따라서 암을 치료하려면 먼저 공동체 구성원들이 갖고 있는 암에 대한 부정적인 상상부터 제거해야 한다.”

텍사스대학교의 연구 결과도 상상력이 병에 미치는 영향에 대해 흥미로운 관점을 제시해준다. 연구진은 미국, 영국, 그리스, 루마니아 등 세계 각국의 정신질환자들을 대상으로 광범위한 조사를 했다. 그 결과 정신적으로 심각한 문제가 있는 사람들은 암, 백혈병 같은 치명적인 질병에 거의 걸리지 않는 것을 발견했다. 연구진은 그 이유로 상상력을 들었다.

정상인들은 매스컴 등을 통해 질병에 관한 정보를 수시로 접하고 자기도 모르게 끊임없이 질병을 상상하게 된 결과 암 같은 병에 쉽게 걸리지만, 정신질환자들은 그런 질병이 존재하는지조차 모르기 때문에 의식적으로든 무의시적으로든 질병을 상상할 수 없고, 그 결과 치명적인 질병에 잘 걸리지 않는다는 것이다.

상상력은 인간의 몸에 큰 영향을 미친다. 인간이 의식적으로든 무의식적으로든 병을 지속적으로 상상하면 병에 걸리고, 건강을 지속적으로 상상하면 건강해진다.

인간이 병을 상상하면 몸은 스트레스를 받는다. 그러면 몸에서 스트레스 호르몬이 나와서 면역체계를 파괴한다. 반면 건강을 상상하면 몸에서 건강을 지켜주는 신경펩타이드가 나와서 면역체계를 강화한다. 이는 PET(양전자 방출 단층촬영)나 fMRI(기능적 자기공명영상)를 통해서 직접 눈으로 확인할 수 있다.

이뿐만 아니다. 사람이 잠시 두 손을 모으고 건강에 좋은 뇌파인 알파파를 상상하면 뇌에서 실제로 알파파가 생긴다. 심장 박동수, 혈압, 체온, 위의 산도 등도 상상력을 통해 조절할 수 있다. 이를테면 심장이 빠르게 뛰는 것을 상상하면 실제로 심장 박동수가 증가하고, 체온이 낮아지는 것을 상상하면 실제로 체온이 낮아진다. 이는 뉴욕

록펠러대학의 연구를 통해 입증된 사실이다.

상상력은 면역세포인 백혈구의 수까지도 조절할 수 있다. 지금 인터넷 검색 창에 백혈구나 T-임파구를 치고 이미지를 클릭해보라. 그 이미지를 보면서 머릿속으로 백혈구와 T-임파구를 생생하게 그려보라. 그러면 몸 안에서 백혈구와 T-임파구가 빠르게 증식한다. 이는 텍사스대학의 실험으로 증명되었다. 참고로 말하면, 백혈구와 T-임파구는 인체 내에서 암 세포를 비롯한 각종 나쁜 세균과 바이러스를 분해하는 우리 몸 안의 의사다.

건강의 모든 것, 사랑

하지만 그렇다고 알파파나 백혈구 같은 것을 지속적으로 상상하기는 어렵다. 아무리 건강에 좋다고 해도 이런 상상은 좀 부자연스럽다. 그리고 이런 쪽으로만 치우치다 보면 건강을 지켜주는 또 다른 요소인 사랑을 잊게 된다. 아니 사랑은 또 다른 요소가 아니라 건강의 처음과 끝이다. 건강의 모든 것이다.

만일 우리가 진정으로 사랑을 실천한다면 우리는 굳이 알파파와 백혈구를 상상하는 수고를 하지 않아도, 굳이 힘들게 운동하지 않아도, 굳이 음식을 가려먹지 않아도 얼마든지 건강하게 잘 살 수 있다.

진정으로 건강하고 싶다면 마음속에 사랑을 생생하게 그릴 수 있어야 한다. 헐벗고 굶주린 사람들을 무조건적으로 섬기고 받드는 그런 모습을 굳이 그리지 않아도 좋다. 그저 사랑이라는 단어를 떠올리는 것만으로도 충분하다. 그러면 뇌의 변연계에서 몸과 마음을 편안하게 만들고 소화가 잘되게 하고 피를 맑게 하는 신경전달물질이 나와서 뇌혈류 장벽을 지나 온몸의 혈관으로 퍼진다. 면역력을 증대하는 각종 호르몬 역시 무수히 분비된다. 다음 이야기를 들어보자.

"사랑과 감사에 넘치는 마음은 우리 몸 안에서 백혈구와 엔도르핀을 대량으로 생산한다."

– 이상구 박사(암 전문의)

"마음속으로 항상 기뻐하고 즐거운 일을 상상하며 다른 사람을 진실하게 사랑하는 사람은 결코 병에 걸리지 않는다."

– 다비드 소벨(캘리포니아 산 호세 카이저 퍼머넨테 병원 예방의학과장)

"마음속에 사랑과 기쁨과 감사가 있으면 엔도르핀의 분비가 촉진되고 이는 스트레스 호르몬의 감소로 이어진다. 그 결과 면역력이 크게 강화된다."

– 로마린다대학교&스탠포드대학교 의과대학 연구진

“무슨 일이든 긍정적으로 생각하고, 어떤 일이든 감사하고, 누구든 사랑하는 마음가짐으로 사는 사람은 어떤 병도 예방할 수 있다.”

– 하루야마 시게오(일본 전원후생병원 원장)

“사랑은 몸과 마음을 건강하게 해주고 모든 병을 예방해준다.”

– 앤드류 와일(애리조나대학교 의과대학 사회의학부 부장)

“사랑을 상상하는 것만으로도 스트레스나 병균의 침입으로부터 보호받고, 면역력과 치유력이 눈에 띄게 상승한다.”

– 하버드대학교&존스홉킨스대학교 의과대학 연구진

“지나치게 사랑하고 감사하는 마음을 가진 사람은 절대로 병에 걸리지 않는다.”

– R. 하몬(미국 심리학자)

사랑은 무조건적이다. 조건 없이 주는 것이다. 만일 여러분이 마음속에 ‘사랑’이라는 글자를 쓰면서 그것을 무시하고 비난해도 사랑은 여러분의 면역력을 높여주고 건강을 지켜준다. 대표적인 사례가 테레사 효과다.

만일 여러분이 예수 그리스도의 사랑을 실천한 것으로 알려진 테레사 수녀에 관한 영화나 책을 보면 어떻게 될까? 타액의 항체 글로빈이 증가한다. 쉽게 말해서, 면역력이 높아져서 몸이 건강해진다는 소리다. 그런데 놀랍게도 테레사 수녀에 관한 기록들을 접하면서 "나랑 상관없는 일이다. 알 바 없다"라든가 "이 사람은 위선자다"라는 식으로 무시하고 비난해도 타액의 항체 글로빈이 증가한다. 이게 바로 진정한 사랑의 힘이다.

마음속에 사랑을 초청하라

그런데 이 진정한 사랑의 힘도 영향력을 발휘하지 못할 때가 있다. 바로 사람의 마음속에 분노나 원한이 자리 잡고 있을 때다.

사랑에 분노나 원한을 녹이는 힘이 없어서가 아니다. 그런 부정적인 마음에 사로잡혀 있을 때 사람은 사랑을 완전히 망각하기 때문이다. 마음속에 사랑이 발붙일 장소 자체가 없어지기 때문이다. 따라서 사랑을 VD하기 전에 먼저 분노나 원한을 변화시키는 VD를 할 필요가 있다.

내과, 신경외과, 예방의학과, 정신과, 암 분야, 대체의학 분야 등 의료계 각 분야에서 세계 정상에 자리 잡고 있으면서도, 평범한 의사들과 달리 환자의 마음까지 치료하는 일에 앞장서고 있는 진정한 의사들이 가르쳐주는 VD를 요약하면 다음과 같다.

1. 조용한 장소에 가서 두 눈을 감아라.
2. 마음속에 상상의 무대를 하나 만들어라.
3. 상상의 무대 위로 내게 상처를 입힌 사람들, 나를 화나게 한 사람들, 나에게 원한을 갖게 한 사람들을 초대하라.
4. 그 사람들에게 어떤 감정을 발산하기 전에 이것을 생각해보라. 자신 역시 스스로도 모르게 누군가에게 상처를 입혔을 수 있음을, 누군가를 분노하게 했을 수 있음을, 누군가에게 원한을 샀을 수도 있음을. 그리고 이 사실을 인정하라. "인간은 누구도 완벽할 수 없다. 나도, 이 사람들도."
5. 그 무대 위로 자기 자신을 초대하라.
6. 아픔을 준 한 사람 한 사람과 악수하면서 이렇게 말하라. "당신을 용서합니다. 당신이 잘되기를 빕니다." 이때 따뜻하게 끌어안아주면 더욱 좋다.
7. 악수가 끝나면 자신이 지을 수 있는 가장 환한 미소를 지어라. 이때 상상 속에서뿐만 아니라 실제로도 미소를 지어야 한다.

앞의 VD를 지속적으로 실천하면 오래지 않아 마음속에서 분노와 원한이 봄눈 녹듯이 사라진다. 나도 이 VD를 해보았는데 효과가 아주 좋았다. 나의 내면 깊숙이 감추어둔 누군가를 향한 응어리가 점차 풀렸고, 마침내는 그 사람과 진심 어린 포옹까지 할 수 있었다. 실제로는 어떨까? 처음에는 약간 주저하겠지만 결국엔 용기를 내서 그 사람에게 다가가 "당신을 용서한다. 그리고 당신의 앞길을 축복한다"면서 악수 정도는 할 수 있으리라고 자신한다. 아니 그렇게 하지 않으면 오히려 내가 힘들 것 같다. 그 정도로 효과가 있었다.

분노와 원한을 녹이는 VD를 통해 마음속을 깨끗하게 정리한 다음 '사랑'을 초청하라. 아침에 일어나서 한 번, 하루 일과를 마친 뒤에 한 번, 잠자리에 들기 전에 한 번, 이렇게 하루 세 번 사랑을 VD하라.

요령은 간단하다. 숨을 크게 들이마시면서 온 우주와 온 세상에 충만한 사랑이 공기와 함께 들어와 자신의 가슴속을 가득 채우는 모습을 상상한다. 이어 숨을 천천히 내쉬면서 사랑이 온몸으로 고르게 퍼지는 모습을 상상한다. 이때 사랑을 따뜻한 빛 덩어리로 상상하면 더욱 좋다.

만일 이게 어렵다면, 누군가에게 사랑받았던 기억을 반복해서 떠올리거나 인생에서 즐겁고 행복했던 순간을 떠올리는 것도 좋다. 그런데 이조차도 하기 어렵다면 그냥 마음속에 사랑이라는 글자를 쓰는 것만으로도 좋다. 이 간단한 VD를 매일 실천하는 것만으로도 건강하게 살 수 있다.

⁝ 아픈 사람을 위한 치료 VD ⁝

다음 상황을 가정해보자. 여러분은 심장병 전문의다. 어느 날 한 환자를 진찰한다. 결과는 협심증. 약물요법도 듣지 않을 정도의 중증 환자다. 이대로 놔두면 언제 심장마비로 세상을 뜰지 모른다. 의과대학에서 배운 대로 심장 수술을 권한다. 그런데 이 환자가 이상한 소리를 한다. "명상요법으로 내 병을 고치겠소. 물론 식사도 조절하고, 운동도 병행하면서"라고.

어이가 없어진 여러분이 묻는다.

"도대체 뭘 명상하겠단 겁니까? 당장 수술하지 않으면 어떻게 될지 모르는 상황인데……."

환자가 대답한다.

"사랑과 평화를 명상할 겁니다. 동시에 녹슬고 막혀버린 내 심장 혈관들이 이십 대의 그것처럼 팽팽하게 되살아나는 걸 생생하게 그릴 겁니다."

꼭 의사가 아니라도 황당할 것이다. '아니 도대체 이 무슨 정신 나간 소리란 말인가. 약으로도 못 고치는 중병이라는데, 명상으로 고치겠다니. 게다가 뭘 생생하게 그린단 말인가. 또 생생하게 그려서 뭘 어쩌겠다는 말인가!' 이런 생각과 함께 '혹시 사이비 종교에 빠진 사람이 아닐까, 정신이 좀 이상한 사람이 아닐까' 하는 의심마저 들 것이다.

지금 이 글을 쓰고 있는 나 역시 마찬가지다. 솔직히 말해서 제정신인 사람으로 보이지 않는다. '그래, VD로 병도 고칠 수 있는 거야. 아주 좋아' 이런 생각보다는 '목숨이 걸려 있는데 무슨 VD 타령이란 말인가' 하는 생각이 더 앞선다.

하지만 딘 오니시 박사는 그렇지 않은가 보다. 그는 앞서 말한 치료법으로 심장병은 물론이고 암, 비만, 뇌졸중, 당뇨, 고혈압, 결석 같은 병까지도 말끔히 치료했으니 말이다.

특히 심장병 같은 경우 관상동맥이 막히면 보통 수술을 하는데, 6개월 정도 지나면 재발해서 다시 수술하는 경우가 일반적이다. 하지만 딘 오니시 박사의 치료법으로 심장 치료를 받은 환자들은 재발 가능성이 거의 없다고 한다. 참고로 말하면 딘 오니시 박사는 빌 클린턴 미국 전 대통령의 자문의다.

종양학자이자 방사선과 전문의인 칼 사이몬튼은 딘 오니시 박사의 치료법보다 한발 앞선다. 그는 159명의 말기 암 환자들에게 방사선 치료를 하면서 동시에 다음 8가지 상상을 매일 생생하게 할 것을 요구했다.

1. 암 세포를 먹이로 상상하라.
2. 암 세포를 잡아먹는 인체 내의 NK세포를 먹성이 좋은 악어로 상상하라.
3. NK세포가 암 세포를 마구 먹어치우는 모습을 상상하라.
4. 암 덩어리가 점점 줄어들다가 마침내 완전히 소멸하는 광경을 상상하라.
5. 의사로부터 암 세포가 완전히 사라졌다고 진단을 받는 순간을 상상하라.
6. 의사의 진단을 받고 기분이 좋아서 날아갈 것 같은 순간을 상상하라.
7. 집으로 돌아와서 가족들에게 병이 완치된 소식을 전하고, 가족들이 박수를 치면서 환호하는 광경을 상상하라.
8. 새로운 희망에 부풀어 다시 회사에 출근하는 모습을 상상하라.

결과는 어떻게 되었을까? 위의 8가지 상상을 너무도 생생하게 한 나머지 현실감각마저 잃어버릴 정도가 되었던 22.2%의 환자들은 암이 흔적도 없이 사라졌다. 마지못해 따라 했던 나머지 환자들은 그냥 방사선 치료만 받았던 환자들보다 눈에 띄게 호전되었고, 2배나 오래 살았다.

R=VD가 병의 치료에도 활용될 수 있을까?

'만일 R=VD가 진정한 변화의 공식이라면, 병도 변화시킬 수 있을 텐데' 하는 생각으로 관련 자료를 찾아보았던 나는 딘 오니시와 칼 사이몬튼의 VD 치료법을 접하고 많이 놀랐다. 하지만 바로 의심이 찾아왔다. 그래서 다른 사례를 더 찾아보았다. 그리고 의심을 많이 걷어내게 되었다.

1. 미국의 내과의사 디팩 초프라는 폐암 환자들에게 하루에도 몇 번씩 "나는 낫는다. 내 병은 완전히 낫는다"라고 소리 내어 말하게 하면서 병이 낫는 자신의 모습을 생생하게 그리게 했다. 초프라에 따르면, 이 방법을 믿고 실천한 환자들이 정말로 완치되었다고 한다.
2. 메사추세츠 의과대학 피부과에서는 피부병 환자들을 두 그룹으로 나누어 다음과 같은 치료 실험을 했다. A그룹에게는 표준 치료법으로 알려진 자외선 치료만 했다. B그룹에게는 자외선 치료와 더불어 상상 치료를 했다. B그룹 환자들은 치료광선이 병균들을 녹여 없애는 동시에 새로운 세포들이 건강하게 자라는 것을 도와주는 상상을 매

일 꾸준히 했다. 결과는 이렇다. A그룹은 10명이었는데, 겨우 2명만 상태가 좋아졌다. B그룹은 13명이었는데, 그중 상상 치료를 진지하게 받은 10명은 아주 빨리 완치되었다. 반면 그렇지 않은 3명은 치료가 잘되지 않았다.

3. 캘리포니아 의과대학의 마틴 로스만 교수는 1972년부터 환자들에게 VD 치료법을 가르쳤는데, 수천 명에 달하는 환자들의 병이 씻은 듯이 나았거나 증상이 크게 좋아졌다.
4. 샌프란시스코 종합병원에서 중증의 심장병 환자 400명을 대상으로 다음 실험을 했다. A그룹 200명에게는 환자들 모르게 여러 사람의 기도 조력자를 붙여주었다. 기도 조력자들은 신께서 환자들의 병을 고쳐주시는 장면을 강렬하게 상상하며 기도를 했다. B그룹에는 기도 조력자를 붙여주지 않았다. 6개월 후 다음과 같은 결과가 나타났다. A그룹의 항생제 투여량은 B그룹보다 무려 5배나 줄었다. A그룹은 폐렴 합병증도 B그룹보다 3배나 적게 발생했다.
5. 하버드대학교 병원에서는 54명의 불임 환자를 대상으로 10주간 자신이 임신한 모습을 생생하게 그리게 했다. 그 결과 이 과정을 열정적으로 따라 한 34%의 환자들이 6개월 안에 임신을 하게 되었다.
6. 뉴욕 메모리얼 슬러언-케더링 암센터는 "암 환자의 대부분이 암이 발병하기 6~8개월 전에 크나큰 심리적 충격을 받고, 죽고 싶다는 상

상을 무의식적으로 계속하게 된 결과 암이 발병하게 된다"고 발표 했다.

7. 미국의 듀크대학 병원과 영국의 브리스톨 암 전문병원에서는 상상 치료 전문의사를 고용하고 있다.

위의 자료들은 빙산의 일각에 불과하다. 오늘날 VD 치료법은 대체 치료요법, 심상 치료요법, 상상 치료요법, 이미지 치료요법, 신경 언어프로그래밍, FPT 프로그램 등 다양한 전문용어로 포장되어 세계 각국에서 무수한 환자들과 만나고 있다. 미국에서는 80여 개 대학이 교과과정으로 채택해서 가르치고 있고, 국립보건원에서는 OAM이라는 기관을 설립해서 VD 치료법을 전문적으로 연구하고 있으며, 환자 치료에도 활용하고 있다.

VD는 인간의 병을 치료하는 데 탁월한 효과가 있다. 만일 여러분이 병에 걸렸을 때 의사에게 치료를 받으면서 VD 치료를 병행한다면 그렇지 않은 경우보다 훨씬 빨리 회복될 수 있다.

치료 VD의 장점은 심리적 효과가 탁월하다는 것이다. 사람은 마음속으로 이미 병이 나은 자신의 모습을 바라보는 것만으로도 눈에 띄게 안정되고 편안해진다. 이런 마음의 상태가 병세를 급격히 호전시킨다는 것은 상식이다. 치료 VD를 하는 데는 돈이 전혀 들지 않는다. 특별한 행동도 필요하지 않다. 그저 마음속으로 가만히 상상만 하면 된다. 이처럼 좋은 치료법이 세상에 또 어디 있단 말인가.

PART 4

꿈을 느끼고 말하고 행동하라

VD 기법 : 기본편

꿈을 시각화하라, 아주 생생하게
: 사진 VD

NASA가 달에 사람을 보내는 계획을 처음으로 추진했을 때의 일이다. 어느 날 NASA는 세계적인 R=VD 전문가인 데니스 웨이틀리 박사를 초빙했다. 우주 비행사 후보들은 물론이고 달 착륙 계획에 관여한 모든 사람이 교육을 받아야 했다. 교육은 달 착륙선이 무사 귀환할 때까지 계속되었다.

당시 NASA는 특이한 일을 했다. 거대한 달 사진을 제작해서 아폴로 계획에 관련된 모든 곳에 도배를 했다. R=VD 공식의 전제 조건인 '생생하게'를 만족시키기 위해서였다. 그 결과 어떻게 되었을까? 예정보다 2년 일찍 인간을 달에 보내게 되었다.[30]

R=VD 공식은 생생하게 꿈꿀 것을 요구한다. 그런데 '생생하게'

꿈을 꾸기란 쉽지 않다.

눈을 감고 마음속으로 스마트폰을 한번 떠올려보라. 하루에도 수십 번씩 눈으로 보고 귀에 갖다 대고 손가락으로 만지작거리는 물건이지만 정말 생생하게 떠올리기란 쉽지 않다. 이번에는 인터넷에 접속해서 컴퓨터 화면에 스마트폰 사진을 띄워보라. 그 사진을 보면서 스마트폰을 그려보라. 매우 생생하게 그릴 수 있을 것이다.

사진을 보면서 꿈꾸는 사람은 그렇지 않은 사람보다 몇 배는 더 생생하게 꿈꿀 수 있다. 즉 사진으로 VD를 하는 사람이 그렇지 않은 사람보다 몇 배 빨리 목표를 달성할 수 있다. NASA가 대표적인 예다. 사진으로 VD를 했기 때문에 인류 최고의 과학자와 수학자들이 예상한 시간보다 무려 2년이나 일찍 목표를 달성할 수 있었다.

로키 아오키의 VD

메르세데스 벤츠 자동차 아웃백 스테이크 하우스 자가용 비행기 맥도날드 체인점 100개

여러분은 앞의 네 가지 전부를 소유할 수 있다. 만약 여러분이 앞의 네 가지를 생생하게 꿈꿀 수만 있다면! 하지만 여러분은 아마도 앞의 네 가지를 소유할 수 없을 것이다. 앞의 네 가지를 생생하게 꿈꿀 수 없을 것이므로.

그렇다면 만일 여러분이 사진을 사용해서 앞의 네 가지를 진실로 생생하게 꿈꾼다면, 여러분의 모든 에너지를 앞의 네 가지를 얻는 일에 쏟아 붓는다면 어떤 일이 벌어질까? 아마도 로키 아오키처럼 될 것이다.

지금으로부터 약 60여 년 전의 이야기다. 일본의 무명 프로레슬링 선수 로키 아오키가 미국에 갔다. 미·일 친선 레슬링 경기에 참가하기 위해서였다. 물론 들러리였다.

경기를 치른 로키 아오키는 미국에 남기로 결심했다. 패전의 흔적이 짙게 서린 일본과 달리 미국은 곳곳에 성공의 기운이 감돌고 있었기 때문이다.

로키 아오키가 어디서 누구로부터 R=VD 공식, 더군다나 사진으로 VD하기를 배웠는지는 알 수 없다. 어쩌면 그는 지금의 여러분처럼 책을 통해서 접했을 수도 있다.

로키 아오키는 성공하고 싶은 열망이 상상을 초월할 정도로 강한 사람이었거나 정말로 순진한 사람이었을 것이다. 보통 사람 같으면

'뭐 그럴 수도 있겠지' 하고 넘어갔을 사진으로 VD하기를 진심으로 믿고 또 온 힘을 다해서 실천했으니 말이다.

로키 아오키는 롤스로이스가 갖고 싶었다. 성공의 상징처럼 느껴졌기 때문이다. 하지만 그의 수중에 있던 돈은 고작 400달러. 롤스로이스를 하루 빌리는 데도 부족한 금액이었다. 그럼에도 불구하고 롤스로이스가 너무 갖고 싶었던 그는 무작정 롤스로이스 대리점으로 향했다. 그러고는 사진 몇 장을 찍었다. 로키 아오키에 관한 자료들을 검토해보건대 롤스로이스를 전, 후, 좌, 우에서 찍은 사진, 운전석에 앉아 핸들을 잡고 운전하는 사진, 롤스로이스 옆에 주인처럼 서서 빙긋 웃고 있는 사진 등을 찍었던 것 같다.

로키 아오키는 자신의 가게를 갖고 싶었다.

로키 아오키는 자가용 제트기를 갖고 싶었다.

로키 아오키는 전 세계 주요 도시의 100여 곳에 체인점을 내고 싶었다.

첫 번째 소원은 물론이고 두 번째, 세 번째, 네 번째 모두 불가능한 소원이었다. 현실적인 관점으로 보면 로키 아오키가 꿈꿔서는 안 될 것들이었다. 하지만 그는 꿈을 꾸는 것을 선택했다. 그것도 아주 생생하게 꿈꾸기를!

로키 아오키는 롤스로이스 대리점에서 그랬던 것처럼 전 세계에 체인점을 낸 미국의 유명 가게들과 자가용 제트기 전시장에 가서 사진을 찍었다. 그러고는 다음과 같이 행동했다.

1. 매일 정해진 시간에 사진을 보며 R=VD 공식을 실천했다.
2. 어디를 가든 사진을 가지고 다녔다.
3. 짬이 날 때마다 사진을 펼쳐놓고 생생하게 꿈꾸었다.
4. 꿈을 현실로 만들기 위해 자신의 모든 에너지를 불살랐다.

그 결과 어떻게 되었을까? 베니하나(1964년 미국에서 시작된 철판구이 요리점이다. 전 세계 주요 도시 100여 곳에 체인점이 있다)의 성공으로 롤스로이스를 갖게 되었고, 자가용 제트기를 타고 전 세계를 돌아다니는 사람이 되었다.[31]

여러분이라고 해서 로키 아오키 같은 성공을 거두지 못할 이유가 어디에 있는가? 지금으로부터 약 60여 년 전의 로키 아오키와 현재의 자신을 비교해보라. 로키 아오키는 영어 한 마디 제대로 못하는 상황에서 미국에 홀로 남겨졌다. 게다가 그동안 종사해온 프로레슬링계를 떠난 상태였다. 한국말을 전혀 할 줄 모르고 한국에 아는 사람 한 명 없는 태국의 무명 킥 복서가 사업으로 성공하겠다며 한국에 남은 상황과 유사하다. 즉 여러분은 백번 양보한다고 해도 60여

년 전의 로키 아오키보다 나은 상황에 있다. 이 말은 만일 여러분이 R=VD 공식의 한 테크닉인 사진으로 VD하기를 열정적으로 실천하기 시작한다면 로키 아오키 이상의 성공을 거둘 수 있다는 뜻이다.

폴 마이어와 모치즈키 도시타카의 사진 활용 성공법

두 그룹이 있다. 첫 번째 그룹은 다음 세 사람이다.

1. 입사한 지 고작 3주 만에 상사로부터 "자네처럼 고객 마음을 모르는 사람은 처음 봤네. 나가주게!"라는 말을 들은 남자.
2. 아는 사람이란 사람은 다 찾아다니면서 고객이 되어줄 것을 요청했지만 전부 거절당하고 풀이 죽어 있는 남자.
3. 고객과 함께 식사하는 것은 물론 고객에게 전화 거는 것조차 두려워하는 여자. 당연히 영업 실적도 최하위인 여자.

두 번째 그룹은 다음 세 사람이다.

1. 27세에 보험 판매 수당만으로 백만장자가 되고, 현재 세계 각국에 무

려 60개가 넘는 기업을 소유하고 있는 남자.

2. 연평균 1천여 대의 차를 팔아 세계 최고의 세일즈맨으로 무려 12년간 기네스북에 오른 남자.

3. 29세에 한 글로벌 대기업에서 영업 실적 세계 2위를 기록해 일본 최고의 세일즈우먼이라 불리는 여자.

첫 번째 그룹의 세 사람과 두 번째 그룹의 세 사람은 동일 인물이다. 즉 첫 번째 그룹의 미래가 두 번째 그룹이다.

두 그룹의 주인공인 폴 마이어, 조 지라드, 와다 히로미는 R=VD 공식을 실천한 결과 최고의 영업 왕이 될 수 있었다고 밝혔다. R=VD 공식이 고객 확보에 핵심적인 역할을 한다고 밝힌 사람은 비단 이 세 사람만이 아니다.

람세스 국제세미나협회의 설립자이자 회장이기도 한 이브라힘 엘피키는《포춘》지 선정 500대 그룹을 대상으로 20여 년 넘게 세일즈 교육을 도맡아 세일즈 마스터라고 불린다. 그는 세일즈, 마케팅, 심리학 등의 분야에서 20여 개 이상의 학위를 취득했고, 이 세 분야에서 최고상을 수상한 이력을 갖고 있다. 그는 작고 허름한 호텔의 접시닦이에서 시작해 세계적인 초호화 호텔의 CEO가 된 인물이기도 하다.

즉 이브라힘 엘피키는 개인적인 판매 기법 말고는 딱히 내세울 것 없는 대다수 판매 왕들과는 달리 학문적 연구를 바탕으로 한 세일즈 이론을 펼치고 있다. 쉽게 말해서, 그의 고객 확보 기법은 학교 교육 과정처럼 누구에게나 보편적으로 통용될 수 있는 것이라고 할 수 있다.[32]

콜롬비아대학교 심리학 교수를 거쳐 스탠포드대학교 심리학 교수로 재직하고 있는 캐롤 드웩 박사는 특히 사회심리학과 발달심리학 부문에서 세계적인 명성을 떨치고 있다. 그녀는 '마인드 세트'가 성공에 결정적인 역할을 미친다고 주장하고 있는데, 이는 무려 20여 년간의 연구 끝에 나온 결론이다. 마인드 세트는 VD를 만들어내는 심리 기제로 이해하면 된다. 캐롤 드웩 박사의 마인드 세트 성공론은 정통 학계에서 나온 연구 결과라는 데 그 가치가 있다.[33]

이브라힘 엘피키가 재야파 학자라면 캐롤 드웩은 정통파 학자라고 할 수 있다. 재야 학파와 정통 학파는 보통 상대방을 인정하지 않는다는 특징을 가지고 있다. 달리 말하면, 두 학파가 서로 인정하는 일치된 주제는 학문적으로나 이론적으로 흠이 없는 것이라고 할 수 있다. 재야파 이브라힘 엘피키와 정통파 캐롤 드웩은 다음 사실에 대해 동일하게 인정했다.

"세상에는 자석처럼 고객을 끌어당기는 힘을 가진 사람들이 있다.

이 사람들은 R=VD 공식을 실천하는 사람들이다. 한편으로 세상에는 굴러 들어온 고객마저 놓치는 불행한 사람들도 있다. 이 사람들도 R=VD 공식을 실천하면 바뀔 수 있다."

앞의 세 사람 중 특히 폴 마이어는 R=VD 공식을 고객 확보를 위한 교육 프로그램으로 만들어 전 세계에 보급한 인물이다. 그의 교육 프로그램은 10여 년의 연구와 검증을 토대로 만들어졌는데, 16개 언어로 번역되어 80개 이상의 국가에 공급되고 있다. 이 교육 프로그램은 영업에 실패한 사람을 단기간에 최고의 판매 왕으로 변화시킨 사례가 많은 것으로 유명하다.

백만장자 시절의 폴 마이어는 성공 비결을 묻는 사람이 찾아오면 그를 벤츠 대리점으로 데리고 갔다. 그러고는 벤츠 승용차 옆에 차 주인처럼 서 있을 것을 요구한 뒤 사진을 찍어주었다. 사진이 나오면 폴 마이어는 이렇게 단언했다.

"사진 속의 이 사람이 진짜 자네라네. 매일 이 사진을 보면서 생생하게 꿈꾸게나. 멋지게 성공해서 벤츠의 주인이 된 자신의 모습을 말이야. 그러면 실제로 그렇게 될 걸세."[34]

폴 마이어의 말을 진지하게 듣고 실천한 사람들은 모두 성공했다고 한다.

일본의 모치즈키 도시타카는 사진으로 VD하기를 전문적으로 가르치는 사람이다. 그가 가르치는 원리는 간단하다.

1. 소망하는 것의 사진을 구하라.
2. 사진을 들여다보며 소망하는 것을 이미 얻은 것처럼 느껴라. 기필코 손에 넣겠다고 다짐하라. 매일 그렇게 하라.
3. 그러면 언젠가는 사진에 찍힌 것을 얻게 된다.

이것이 전부다.

예를 들어, 차를 타고 가다가 자신이 꿈꾸는 집과 비슷한 집을 발견하면 그 집 앞에서 사진을 찍고, 그 집을 이미 얻은 것처럼 느끼고, 그 집을 반드시 소유하고 말겠다는 굳은 결심을 하고, 사진을 항상 가지고 다니면서 틈날 때마다 들여다보면 진짜로 그 집을 소유하게 된다는 것이다.

모치즈키 도시타카의 '사진 활용 성공법'은 그의 인생 자체가 증거이기 때문에 신뢰할 수 있다. 사진 활용 성공법을 실천하기 전의 그는 빚쟁이였고, 정리해고 대상자였고, 이성에게 늘 차이는 사람이었다. 하지만 사진 활용 성공법을 실천한 지 3년 만에 1억2천만 원 이상의 연 수입을 올리는 사람이 되었고, 세미나실이 딸린 멋진 집의 주인이 되었는가 하면, 전국적인 유명인사가 되었고, 이상형인 여자

친구를 만나서 결혼까지 하게 되었다.

참고로 말하면, 모치즈키 도시타카는 일본 전국을 순회하며 사진 활용 성공법을 가르쳐왔는데, 지금까지 이 기법을 열심히 따라 해서 실패한 사람은 없다고 한다.

사진 VD 기법

사진으로 VD하기 기법은 R=VD 공식의 Vivid(생생하게)를 만족시키기 위한 것이다. 내용은 아래와 같다.

1. 소망하는 것의 사진을 구하라. 소망하는 사람의 사진도 좋다. 사진은 꼭 직접 찍을 필요도 없다. 잡지 같은 곳에서 오린 사진이어도 괜찮다.
2. 사진을 항상 가지고 다닌다. 책상이나 냉장고 문 등에 붙여놓거나 수첩에 넣고 다니는 것은 기본이다. 스마트폰 액정 화면에도 띄워놓고 컴퓨터 바탕 화면에도 깔아놓아라.
3. 사진을 보면서 그것을 이미 얻었다고 느껴라. 이때 시각뿐 아니라 다른 감각까지 동원해서 느끼는 게 좋다. 그리고 그 느낌을 말로 표현하면 더욱 좋다. 예를 들어, 모 대학의 수석 입학을 원한다면 그 대학의

사진을 구한 뒤 그것을 보며 이런 식으로 말하는 것이다. "수석 입학이라는 게 엄청 힘든 건 줄 알았는데, 이렇게 해낼 수 있는 거구나. 어쨌든 전액 장학금까지 받으면서 학교를 다닐 수 있다니, 기분 참 좋네!"

4. 위와 같이 하면 예정보다 빨리 소망하는 것을 얻을 수 있다.

소망하는 것을 이보다 훨씬 빨리 얻고 싶다면 사진을 보면서 스스로에게 이런 질문을 던져볼 것을 권한다.

"이것을 얻으려면 나는 어떤 행동을 해야 하는가?"

이런 질문은 여러분의 뇌에서 학습, 자기통제, 동기부여 등을 관장하는 RAS를 자극해 소망하는 것을 얻기 위해 총력을 기울이도록 만든다. 소망하는 것을 얻을 수 있는 어떤 기회도 놓치지 않게 만든다.

예를 들어, 저명한 과학자가 되는 것이 소망이라면 그들의 사진을 20장 정도 구한 뒤 자신의 사진을 중심으로 그들의 사진을 배치하라. 그리고 그 사진판을 보며 매일 스스로에게 이런 질문을 던져라.

"내가 이 사람들과 어깨를 나란히 하는 사람이 되려면 지금 어떤 행동을 해야 하는가?"

그러면 생각과 태도가 확 달라질 것이다. 그 결과 단순히 사진 VD를 실천하는 사람보다 몇 배 빨리 꿈을 이룰 수 있다.

강렬하게 열망하라, 잠재의식 밑바닥까지
: 동영상 VD

'동영상으로 VD하기'는 '사진으로 VD하기'보다 더욱 강력한 효과를 발휘한다.

알다시피 우리나라 양궁 선수들은 세계 최고의 실력을 자랑한다. 여자 양궁의 경우, 한국에서 80위면 세계 5위나 마찬가지고, 한국 여자 양궁 국가대표로 선발되기가 올림픽에서 금메달 따기보다 어렵다는 말이 있을 정도다.

완벽한 성공이라는 표현이 전혀 어색하지 않은 우리나라 양궁 선수들의 성공 뒤에는 특수 심리훈련이라는 게 있다. 그중 하나가 동영상으로 VD하기다. 서울대 스포츠심리연구센터의 수석연구원이 양궁 올림픽 선수단을 위해 제작한 7분 2초짜리 동영상을 보자. 다음

과 같은 순서로 구성되어 있다.[35]

1. 선수들이 경기장으로 이동할 때 보게 될 장면들이 나온다. 선수들이 타고 가게 될 버스의 내부, 버스가 이동하는 도로, 경기장 전경, 경기장 내부 연습실, 선수 대기실에서 경기장 내부로 연결된 통로, 빛이 환하게 비쳐오는 출구 등이 순차적으로 나온다.
2. 선수들이 경기장으로 향하는 출구를 걸어가며 긴장하는 장면이 나온다. 이때 "여유 있게 하자!"라는 음성이 들린다.
3. 경기장을 가득 채운 관객들의 모습이 보인다. 관객들의 환호와 열렬한 응원, 박수 소리가 들린다.
4. 최고의 컨디션으로 사선에 선 자신의 모습이 보인다. 이어 자신 있게 시위를 당기는 자신의 모습이 나온다.
5. 시위를 차례대로 떠난 12발의 화살이 모두 과녁의 정중앙을 완벽하게 꿰뚫는 장면이 나온다.

골프 역사상 전무후무한 대기록(PGA 챔피언십 5회 우승, US오픈 4회 우승, 마스터즈 대회 6회 우승, 브리티시 오픈 3회 우승, PGA 및 SENIOR 투어 '그랜드 슬램' 달성)의 보유자인 잭 니클라우스는 경기 직전에 반드시 실시하는 동영상으로 VD하기 덕택에 승승장구할 수 있었다고 밝힌 바 있다. 그것은 다름 아닌 자신이 날린 최고의 샷이 찍힌 동영상이었다.

참고로 덧붙이면, 전설의 골퍼라 불린 아놀드 파머도 현역 시절 동영상으로 VD하기를 매일 실천했고, 현재 골프의 천재라 불리는 타이거 우즈 역시 동영상으로 VD하기를 매일 실천한다고 한다.

한번 생각해보라. 일분일초가 아까운 세계 최정상급 선수들이 왜 일부러 시간을 내서 동영상으로 VD하기를 실천하는 것일까? 이유는 두 가지다. 직접 몸으로 뛰는 훈련 이상의 효과가 있으며, 승리를 가져다주기 때문이다.

어떤 VD 습관을 가지고 있는가?

무일푼으로 시작해 세계적인 기업 교세라 인터내셔널을 세운 이나모리 가즈오는 거대한 성공의 비결을 묻는 질문에 이렇게 대답한 바 있다.

"거대한 성공을 거두기 위해서는 성공하고야 말겠다는 강렬한 열망이 당신의 잠재의식 밑바닥까지 스며들어야 한다."

세계적인 동기부여가들의 의견을 참고해서 말하면, 성공하고야 말겠다는 강렬한 열망은 사람이 마음속으로 성공을 꿈꾸는 순간 잠재의식의 표면에 도달한다. 사진을 보면서 구체적으로 성공을 꿈꾸면 잠재의식의 중간 지점에 도달한다. 동영상을 보면서 현실감각을 잃을 정도로 생생하게 꿈꾸면 잠재의식의 밑바닥까지 도달한다.

물론 사진이나 동영상을 사용하지 않고서도, 마음속으로 꿈꾸는 것만으로도 성공하고야 말겠다는 강렬한 열망을 잠재의식의 밑바닥까지 보내는 사람들이 존재한다. 그리고 누구라도 10년 넘게 지속적으로 R=VD 공식을 실천하면 성공의 열망을 잠재의식의 밑바닥까지 보낼 수 있다. 어쩌면 여러분이 이런 부류의 사람일지 모른다. 10년 이상 지속적으로 R=VD 공식을 실천할 수 있는 의지의 인물 말이다. 하지만 그런 사람이 아니라면, 좀 더 빨리 꿈을 이루고 싶다면, 사진이나 동영상으로 VD하기를 바란다.

물론 양궁 선수나 골프 선수처럼, 자신이 가진 최상의 역량을 발휘하는 모습을 영상으로 남기고 이를 계속 보는 것은 쉽지 않다. 만약 자신의 꿈이 빌보드 1위에 오르는 유명 가수라면, 이런 식으로 동영상 VD를 할 수 있다.

1. 빌보드 1위에 올라서 기뻐하는 가수의 영상을 구하라.
2. 그 영상을 수시로 재생해서 시청하라. 밥을 먹을 때나 잠을 자기 전

에 시청할 수 있다. 스마트폰에 파일을 담아서 버스나 지하철을 타고 이동할 때도 시청하라.

3. 동영상을 보면서 그것을 이미 이루었다고 느껴라. 이때 시각뿐 아니라 다른 감각까지 동원해서 느끼는 게 좋다. 그리고 그 느낌을 말로 표현하면 더욱 좋다. "꿈에도 그리던 빌보드 1위를 달성하다니, 정말 기쁘다!" 혹은 수상소감을 미리 이야기해도 좋겠다. "제가 빌보드 1위에 오를 수 있었던 것은 모두 생생하게 꿈꾸는 능력 덕분입니다."

세계적인 성공을 거둔 로키 아오키에게는 사진으로 VD하는 습관이 있었다. 세계 최정상에 오른 한국 양궁 선수단과 세계 최고의 골퍼 잭 니클라우스, 아놀드 파머, 타이거 우즈에게는 동영상으로 VD하는 습관이 있었다.

여러분에게는 어떤 VD 습관이 있는가? 아직 없다면 앞으로 어떤 VD 습관을 가질 계획인가?

무엇을 선택하든 기억하라. 오직 자신이 생생하게 꿈꾸는 것만 얻을 수 있다.

꿈의 현장으로 떠나라

: 장소 VD #1

지금으로부터 수십 년 전의 일이다. 오스트리아에 한 소년이 살았다. 몸이 허약해서 '말라깽이'라는 별명을 갖고 있었던 소년의 꿈은 근육질 사나이가 되는 것이었다. 그것도 세계 각국을 대표하는 근육 맨들이 참가하는 미스터 유니버스 대회에서 우승자가 되는 것이었다.

현실적인 시각으로 보면 말도 안 되는 소리다. 그래서 다들 소년의 꿈을 비웃었다. 하지만 소년은 꿈을 현실로 바꾸는 공식, R=VD를 알고 있었다. 소년은 매일 미스터 유니버스의 승자가 된 자신의 모습을 생생하게 꿈꾸었다.

간절히 바라면 이루어진다는 말은 다음 두 가지 경우를 포함하고 있다.

첫째, 바라는 것이 선물처럼 거저 주어지는 경우.

둘째, 바라는 것을 이룰 수 있는 능력이 주어지는 경우.

소년은 두 번째 경우였다. 소년이 마음의 눈으로 생생하게 바라보았던 꿈의 영상은, 소년으로 하여금 인간의 한계를 초월한 웨이트 트레이닝을 계속해나갈 수 있는 능력을 갖게 해주었다.

소년은 청년이 되었고 마침내 미스터 유니버스 대회에 참가할 수 있는 자격을 갖추게 되었다. 말라깽이라고 놀림받던 처지에서 오스트리아 최고의 근육질 사나이가 된 것이다.

미스터 유니버스 대회장에 도착한 청년은 특이한 행동을 하기 시작했다. 틈만 나면 우승자의 포즈를 취하면서 대회장을 돌아다닌 것이다. 그러다가는 갑자기 멈추어 서서 진지하게 두 눈을 감았다. 이미 우승자가 되어 있는 자신의 모습을 생생하게 느끼기 위해서였다. 만일 여러분이 그때 청년을 보았다면 미스터 유니버스 대회가 이미 끝났고, 청년이 우승자라고 믿었을 것이다. 청년의 행동은 그 정도로 확신에 차 있었다.

그 간절한 믿음의 힘 덕분이었을까? 청년은 진짜로 미스터 유니버스가 되었다. 청년이 사용한 VD 기법을 '장소 VD 기법'이라고 한다.

아놀드 슈워제네거의 장소 VD

한국말을 할 줄 모르는 동남아시아계 사람이 한국에서 영화배우로 성공할 확률은 얼마나 될까? 그것도 주연배우로 성공할 확률이라면? 0%라고 해도 과언이 아닐 것이다. 실제로 우리나라에서 성공한 동남아시아계 영화배우는 없다.

그런데 그 동남아시아계 사람이 매일 온 힘을 다해서 R=VD 공식을 실천하는 사람이라면, 더 나아가 장소 VD 기법을 구사할 줄 아는 사람이라면, 확률은 몇 %까지 올라갈 수 있을까? 나는 100%라고 자신한다. 왜냐하면 생생하게 꿈꾸는 것은 무엇이든 이루어지기 때문이다. 그리고 장소 VD 기법은 정말 강력한 힘을 발휘하기 때문이다.

미스터 유니버스가 된 청년은 영화배우로 성공하고자 할리우드로 향했다. 이 문장만 읽으면 별로 실감이 나지 않을 것이다. 영화배우로 성공하겠다며 충무로로 향하는 인도 육상 챔피언, 파키스탄 기계체조 챔피언, 미얀마 역도 챔피언을 한번 생각해보라. 세 사람이 10년 뒤에 최민식, 송강호, 이병헌 같은 배우로 성장할 확률을 생각해보라. 청년의 경우가 이와 유사했다. 당연히 청년은 오디션에도 합격하지 못했다. 하지만 청년은 걱정하는 대신 할리우드 촬영장을 찾아다니면서 할리우드에서 가장 유명한 배우가 된 자신의 모습을 생생히 그렸다. 미스터 유니버스 대회에 참가했을 때 그랬던 것처럼 장소 VD 기법을 사용했다.

청년의 VD는 결국 이루어졌다. 아마 여러분도 그가 열연한 영화를 한 편쯤은 보았을 것이다. 그의 이름은 아놀드 슈워제네거, 대표작은 〈터미네이터〉 시리즈다.

아놀드 슈워제네거가 장소 VD 기법을 실천한 것만으로 오늘날의 아놀드 슈워제네거가 되었다고 단정 짓기에는 무리가 있지 않느냐는 질문이 나올 수 있다. 여기에 대해서는 그가 이미 답한 바 있다. 그는 이렇게 말했다.

"소년 시절부터 저는 제가 생생하게 꿈꾸는 모든 것을 얻을 수 있다고 진심으로 믿었습니다. 저는 그 사실을 의심해본 적이 단 한 번도 없습니다. 이런 마음가짐은 기적을 불러들입니다. 저는 처음 참가한 미스터 유니버스 대회에서, 이미 우승자가 된 나의 모습을 생생하게 그리면서 대회장 안을 부지런히 돌아다녔습니다. 영화배우로 진로를 바꾸었을 때도 마찬가지 방법을 사용했습니다. 그 결과 제가 꿈꾸었던 모든 것을 현실에서 얻을 수 있었습니다."[36]

참고로 말하면, 아놀드 슈워제네거는 자신의 성공 비결을 묻는 질문에 늘 '장소 VD 기법'을 언급했지, 물리적인 노력의 힘을 언급한 적이 별로 없다. 아마도 그는 이런 메시지를 전달하고 싶었던 듯하다. 아무리 불가능하게 보이는 목표라도, 생생하게 꿈꾸면 그 목표를 달성하게 해주는 물리적인 것들은 저절로 생겨난다고.

⁘ 장소 VD 기법 ⁘

장소 VD 기법은 어떤 장소에 직접 가서 생생하게 꿈꾸는 것을 말한다. 알다시피 R=VD 기법의 전제 조건은 '생생하게 꿈꾸기'다. 즉 생생함의 정도에 비례해서 효과가 나타난다. 마음으로 꿈꾸기와 사진으로 꿈꾸기는 '생생함' 면에서 장소에 직접 가서 하는 꿈꾸기를 따라갈 수 없다. 즉 장소 VD 기법은 셋 중 가장 강력한 VD 기법이라고 할 수 있다.

오나시스와 월트 디즈니의 사례가 이를 실증해준다. 두 사람은 오랜 세월 동안 자기 분야의 왕이 되기를 강렬하게 꿈꾸었다. 하지만 그들의 꿈은 언제나 꿈에 머물러 있을 뿐이었다. 마침내 두 사람이 각각 선박 시장과 할리우드로 직접 가서 열정적으로 꿈꾸기 시작하자 기적처럼 꿈이 이루어지기 시작했다.

장소 VD 기법은 다음과 같다.

1. 꿈과 관련된 장소에 찾아가라.

2. 그 장소에 머물면서, 꿈이 이미 이루어진 모습을 강렬하게 상상하라.

3. 그곳에 지속적으로 찾아가서 VD하라. 마음속의 그림이 현실이 될 때까지.

장소 VD 기법을 사용해서 성공한 유명인사 중에는 세계적인 화장품회사 에스테 로더사의 창업자 에스테 로더가 있다. 그녀는 특히 세 번째 기법을 성실하게 실천했다.[37]

알다시피 에스테 로더는 1인 기업으로 시작했다. 즉 생산자도 에스테 로더, 영업자도 에스테 로더였다. 그러다 보니 화장품 케이스를 화려하게 만들 수 없었다. 화장품 품질은 뛰어났지만 케이스는 조잡한 수준이었다. 플라스틱 통에 내용물을 넣고 뚜껑을 닫은 뒤 '에스테 로더'라는 마크를 붙인 정도였다. 당연히 사람들은 이 화장품의 가치를 몰랐고, 그녀는 화장품을 팔 길이 없어 미용실을 돌아다니며 무료로 나눠줘야 했다.

당시 그녀의 간절한 소원은 플로렌스 모리스라는 여자가 경영하는 '애쉬 블롱드의 집'이라는 미용실에서 화장품 판매 코너를 갖는 것이었다. 이 소망을 이루기 위해 에스테 로더는 한 달에 한 번씩 그곳을 찾아가서, 자신의 화장품 판매 코너가 생기는 것을 생생하게 꿈꾸었다. 그녀가 언제까지 꿈꾸었을까? 플로렌스 모리스가 자기 입으로 "이스트 60번가에 새로 개업하는 제 살롱에서 화장품 판매 코너를 운영할 생각이 없나요?"라고 물어올 때까지였다.

일단 유명 살롱에서 화장품 판매 코너를 운영하게 되자 그녀는 자신만의 제국을 꿈꾸기 시작했다. 에스테 로더의 제국, 그것은 미국과 유럽을 비롯한 전 세계의 유명 백화점에 입점한 에스테 로더 화장품 코너였다. 하지만 현실은 만만치 않았다. 미국의 유명 백화점들은 에스테 로더를 만나는 것 자체를 거부했다. 그러나 그녀는 더 만만치 않았다. 그녀는 유명 백화점의 입점 담당자들을 찾아가서 자신을 만나줄 때까지 무작정 기다리고 또 기다렸다. 8시간, 10시간씩 기다리고 또 기다렸다. 하지만 오랜 기다림 끝에 간신히 담당자를 만나도 "지금은 공간이 없네요. 나중에 다시 오세요"라는 말을 듣는 게 고작이었다.

이런 기다림 속에서 에스테 로더가 무엇을 했을까? 그녀의 특기, 장소 VD 기법을 실천했다.

그녀는 백화점 의자에서 앉아서, 마음속으로 수천 장의 그림을 그렸다. 입점 담당자가 기쁜 얼굴로 에스테 로더 화장품 코너를 마련해주고, 화장품을 써본 고객들 사이에 입소문이 나고, 고객들이 물밀듯이 밀려드는 그림이었다. 그녀는 그것이 진짜 현실이 될 때까지 지속적으로 그렸다.

알다시피 그녀의 VD는 모두 이루어졌다.

꿈이 시키는 대로 행동하라
: 장소 VD #2

꿈을 초고속으로 이루고 싶은 사람이라면 장소 VD 기법 중에서도 최고의 효과를 자랑하는, 리처드 폴 에반스의 기법을 실천할 것을 권하고 싶다.

리처드 폴 에반스는 작가 지망생이었다. 그의 꿈은 자신의 책을 세계적인 베스트셀러로 만드는 것이었다. 그는 자신의 꿈이 이루어진 모습을 생생하게 그리면서 열심히 원고를 썼지만, 안타깝게도 출판사들의 관심을 받지 못했다. 그의 원고를 읽어본 편집자들은 하나같이 "원고는 좋지만 팔릴 가능성이 거의 없다"며 출판을 거절했다. 출판사들의 거절은 몇 년 동안 계속되었다.

R=VD 공식에 따르면, 생생하게 꿈꾸는 것은 이루어져야 한다. 그

런데 리처드 폴 에반스의 마음속 그림은 몇 년이 지나도 이루어질 기미조차 보이지 않았다. 아마도 평범한 R=VD 실천자였다면 이쯤에서 포기했을 것이다. 'R=VD 공식은 다른 사람이라면 몰라도 나한테는 아니구나'라고 단정 지으면서 말이다. 좀 특별한 실천자였다면 R=VD 공식을 좀 더 진지하게 실천하면서 계속 글을 썼을 것이다.

그런데 리처드 폴 에반스는 굉장히 특별한 R=VD 실천자였던 것 같다. VD가 현실에서 이루어지는 것을 기다리는 대신, 현실 속으로 쳐들어가서 자신의 VD로 현실을 정복해버렸으니 말이다.

꿈이 이루어지기를 학수고대하던 어느 날, 리처드 폴 에반스는 전미 서점협회가 〈뉴욕타임스〉 베스트셀러 저자들의 사인회를 개최한다는 소식을 접했다. 이 소식을 듣자마자 그가 취한 행동은 다음과 같다.

1. 자비로 책을 출판했다.
2. 그 책을 싸들고 사인회장으로 날아갔다.
3. 베스트셀러 저자들의 사인회가 열리고 있는 부스 옆에 자신의 부스를 열었다. 물론 서점협회 측의 허락 없이, 자기 마음대로.

그러자 사인회에 참가한 독자들이 리처드 폴 에반스가 자신들이 아직 알지 못하는 세계적인 작가라고 생각하고는 줄을 서서 사인을 받기 시작했다. 리처드 폴 에반스 역시 자신의 책이 세계적인 베스트셀러라고 소개하면서 사인을 해주었다(〈뉴욕타임스〉 베스트셀러 저자들은 대부분 세계적인 저자들이다).

서점협회 측에서 볼 때 리처드 폴 에반스의 행동은 말도 안 되는 것이었다. 당연히 그들은 즉시 부스를 철거하고 돌아가줄 것을 요구했다. 여기에 대해 그는 과연 어떻게 반응했을까? 그는 단지 이렇게 말했다.

"목이 좀 마릅니다. 시원한 음료수 한잔 부탁해요."

순간 서점협회 측은 당황하지 않을 수 없었다. 리처드 폴 에반스의 표정, 말투, 복장, 분위기, 태도 등이 세계적인 베스트셀러 작가들의 그것과 똑같았기 때문이다. 이제껏 세계적인 베스트셀러 작가들을 수도 없이 상대해온 그들이 그것을 모를 리 없었다. 결국 그들은 리처드 폴 에반스의 알 수 없는 어떤 힘에 정복당하고 말았다. 서점협회 측은 그에게 시원한 음료수를 서비스했고, 그의 사인회를 도왔으며, 그를 세계적인 베스트셀러 작가로 인정했다.

리처드 폴 에반스의 상상을 초월한 장소 VD는 과연 초특급 효과가 있었다. 다음 해에 그의 책《크리스마스 상자》가 진짜로 〈뉴욕타임스〉 베스트셀러 1위에 올랐고, 18개 언어로 번역돼 전 세계로 날

개 돋친 듯 팔려나갔다.[38]

⁘ 스티븐 스필버그의 상상을 초월한 장소 VD ⁘

영화감독 스티븐 스필버그 역시 리처드 폴 에반스처럼 상상을 초월한 장소 VD를 사용해서 성공한 경우다. 서두에서 밝혔다시피 그는 무려 9년 동안 R=VD 공식을 실천하면서 영화감독이 되기를 소망했지만, 이루어지지 않았다. 마침내 그는 자신의 VD로 현실을 정복하기로 마음먹었다. 그는 리처드 폴 에반스처럼, 자신이 진정으로 존재하고 싶은 장소인 유니버설 스튜디오로 쳐들어갔다.

그가 너무도 당당했기에 누구도 그를 제지하지 않았다. 그가 빈 사무실에 '스티븐 스필버그 감독 사무실'이라는 간판을 내걸자 청소부가 청소를 해주었고, 경비원이 사무실을 지켜주었다. 또 그가 스튜디오 내에 있는 전화국을 방문해 내선번호를 요구하자 교환수가 즉시 번호를 내주었다. 스티븐 스필버그가 자신이 이미 유니버설 스튜디오의 감독이 되었다고 진심으로 믿었기 때문에 가능한 일이었다.

물론 그는 일주일에 세 번 정도 사무실에 들러서, 감독의 복장으로 갈아입고 영화 촬영장을 어슬렁거리면서, 이미 영화감독이 된 자신의 모습을 생생하게 꿈꾸는 일밖에는 달리 할 일이 없었다. 하지만 그의 특별한 장소 VD는 과연 특별한 효과가 있었다. 유니버설 스튜디오에 직접 머무르며 장소 VD를 시작한 지 2년 만에 자신의 영화를 극장에 내걸게 된 것이다.

만일 스티븐 스필버그가 직접 유니버설 스튜디오에 찾아가서 R=VD 공식을 실천하지 않았다면 어떤 일이 벌어졌을까? 아마도 그는 자신의 꿈을 이루기까지 최소한 두세 배 이상의 시간을 더 기다려야 했을 것이다.

꿈이 시키는 대로 느끼고, 말하고, 행동하라

여러분에게는 어떤 꿈이 있는가? 그 꿈을 이루기 위해 무엇을 하고 있는가?

생생하게 꿈꾸면 이루어진다는 말의 '생생하게'에는 많은 의미가 들어 있다. 그중 하나는 자신이 진정으로 존재하고픈 장소에 가서 온 마음을 다해 R=VD 공식을 실천하는 것이다.

유명한 작가가 되는 것이 꿈인가? 그렇다면 작가가 되기 위한 물리적인 노력을 기울이면서, 정기적으로 시간을 내서 서점을 찾아가

라. 가서 수많은 독자들에게 사인을 해주는 자신의 모습을 생생하게 꿈꿔라. 서점을 방문한 사람들이 진짜 유명 작가로 믿고 "저기, 작가님!" 하고 사인을 청해올 정도로, 당당하게 처신하라.

골든글러브상을 받는 야구 선수가 되는 것이 꿈인가? 그렇다면 야구 선수가 되기 위한 물리적인 노력을 기울이면서, 정기적으로 시간을 내서 야구장을 찾아가라. 가서 야구장의 주인공이 되어 온 관중의 함성을 한 몸에 받고 있는 자신을 생생하게 느껴라.

진심으로 그렇게 느끼고, 말하고, 행동하면, 진짜로 그렇게 된다.

말하는 대로 현실이 된다

: 소리 VD

1990년, 병석에 누운 어머니를 보다 못한 한 젊은이가 50달러짜리 고물 승용차를 몰고 할리우드로 향했다. 배우로 성공해서 어머니를 제대로 보살피고 싶었기 때문이다. 그러나 현실은 만만치 않았다. 청년은 할리우드에서 거지가 되고 말았다. 햄버거 하나를 세 토막 내서 세 끼니를 겨우 때우고, 노숙을 하고, 공원 화장실에서 세수를 하는 나날이 이어졌다.

사람이 물에 빠지면 둘 중 하나를 선택하는 법이다. 포기하든가, 지푸라기라도 잡고 발버둥치든가. 청년은 후자를 택했다. 벼랑 끝에 몰리기 전에는 말도 안 된다고 생각했던 어떤 공식을 진심으로 믿고 실천하기 시작했다.

청년은 매일 밤 할리우드가 한눈에 보이는 언덕으로 올라갔다. 그러고는 도시를 내려다보면서 양팔을 쭉 뻗고 이렇게 소리쳤다.

"이 도시의 모든 사람이 나와 일하고 싶어 한다!"

"나는 좋은 배우다. 정말로, 정말로 좋은 배우다!"

"나는 최고의 감독들이 메가폰을 쥔 온갖 장르의 영화에 출연 요청을 받고 있다!"

이어서 자신의 말이 이루어진 모습을 생생하게 상상했다.[39]

소리 VD 기법

영화배우 짐 캐리가 무명 시절에 실천했던 위의 기법을 '소리 VD 기법'이라고 한다. 내용은 다음과 같다.

1. 꿈이 이루어진 모습을 생생하게 꿈꾼다.
2. 꿈꾼 내용을 말로 표현한다. 꿈이 이루어진 모습을 실제로 보고 있는 것처럼 상세하게 표현해야 한다. 만일 이 능력이 부족하다면 미리 종이에 적어두고 그 내용을 큰 소리로 읽는다.
3. 말의 여운이 채 가시기 전에 다시 한 번 생생하게 꿈꾼다.

4. 매일 30분 이상 앞의 과정을 반복한다.

* 혼자만의 공간에서 해도 무방하나, 꿈을 이루고픈 장소에 가서 하면 더 욱 효과적이다.

소리 VD 기법을 가장 잘 활용하고 있는 사람은 삼성그룹 이건희 회장이다. 이건희 연구자들에 따르면 그는 꿈꾸는 사람이다. 그는 사무실에도 잘 출근하지 않고 사람들도 잘 만나지 않는다. 대신 자택에 칩거하면서 미래를 생생하게 꿈꾼다.

그런 그가 사람들 앞에서 입을 열고 큰 소리로 말할 때가 있다. 오랜 시간을 들여 마음속에서 생생하게 그린 꿈이 마침내 눈앞에서 생물처럼 살아 움직일 때다. 그는 삼성그룹 회장으로 취임하자마자 전 임직원을 대상으로 이렇게 선포했다.

"그룹의 이익은 1조 원으로, 임직원의 급여는 지금보다 두세 배 수준으로 올리겠습니다."

이건희가 삼성그룹의 미래를 생생하게 꿈꾸면서 말로 선포했을 때, 사람들은 자신의 귀를 의심했다. 그도 그럴 것이 당시 삼성그룹의 이익은 2천억 원에 불과했기 때문이다. 하지만 이건희의 말은 곧 현실이 되었다.

에버랜드, 삼성의료원, 골프장, 미술관, 탁아소 사업 등을 시작할 때도 마찬가지였다. 아주 오랜 시간을 들여 생생하게 꿈꾼 뒤 마침내 그것이 눈앞에서 살아 움직이면, 전 직원을 상대로 선포했다. 이것을 가리켜 이건희의 '꿈의 청사진' 기법이라 한다.

먼저 말로 성공한 사람들

나는 소리 VD 기법을 사용해서 성공한 사람들에 대해서 조사하다가 재미있는 사실을 하나 발견했다. 이들 중에는 짐 캐리처럼 꿈을 의식적으로 간절하게 말한 사람은 그리 많지 않았다(물론 짐 캐리도 점점 그들처럼 변해갔을 것이다). 대신 꿈을 대수롭지 않게, 어떻게 보면 건방질 정도로 툭툭 내뱉는 습관을 가진 사람이 많았다. 다음 사례가 대표적이다.

김철호

기아자동차 창업주. 그는 자전거 안장을 만드는 일이 생업이었던 시절부터 꿈을 분명하게 그리면서, "나는 세계 최정상급의 자동차 메이커가 될 것이다"라고 말했다. 아무렇지도 않은 듯한 얼굴로, "나는 내년에 한 살 더 먹게 될 것이다"라고 말하듯이.[40]

손정의

초등학교 때부터 소리 VD 기법을 실천했다. 그는 "나는 장래에 반드시 몇천, 몇만의 사람을 거느릴 거야"라고 말하며 미래를 강렬하게 상상했는데, 정말 아무렇지 않게, 그러니까 초등학생이 "학교 끝나면 엄마한테 과자 사달라고 할 거야"라고 하듯이 말했다고 한다.[41]

존 워너메이커

백화점 왕이라 불리는 사람이다. 소년 시절부터 사람들 앞에서 위대한 상인이 된 자신의 모습을 즐겨 말하기로 유명했는데, 대상인이 된 자신의 모습을 너무나 자연스럽게 말해서 사람들이 전혀 거부감을 갖지 않았다고 한다.[42]

혼다 소이치로

혼다자동차공업 창업주. 구멍가게 같은 공장을 운영하던 시절부터 틈만 나면 사원들에게 "우린 언젠가 세계 제일의 이륜차 제조사가 된다"라고 말했다. 그때마다 사원들은 당혹감으로 얼굴이 붉어지곤 했다. 현실적으로 말이 안 된다고 생각했지만 너무 대수롭지 않게 그 말을 내뱉곤 하는 사장 앞에서 차마 심중을 드러낼 수 없었기 때문이다.[43]

모리타 아키오

소니의 공동 창업자. 트랜지스터라디오를 1만 대도 팔지 못하던 시절, 불로바사라는 대기업으로부터 10만 대의 라디오를 주문받았다. 단, 블로바사의 상표를 다는 조건이었다. 자금난을 벗어날 수 있을 뿐만 아니라 떼돈을 벌 수 있는 절호의 기회였지만 그는 아무렇지도 않은 듯한 말투로 이렇게 대답했다. "앞으로 50년 뒤 우리 회사가 당신네 이상으로 유명해질 것이기 때문에 거절합니다."[44]

이들에게서 배울 수 있는 점은 두 가지다.

첫째, 확신의 힘이다.

이들이 꿈을 대수롭지 않게 내뱉을 수 있었던 것은 그만큼 성공을 기정사실로 받아들였기 때문이다. 성공은 확신의 강도에 비례해서 찾아온다. 성공을 확신하지 못하는 사람은 성공할 수 있는 행동을 하지 못한다. 손에 들어온 기회조차도 놓친다. 결국 실패자가 된다. 그러나 성공을 확신하는 사람은 그 반대로 행동한다. 따라서 성공의 기회를 신속하게 붙잡을 수 있다. 즉 성공하고 싶다면 성공을 기정사실로 받아들여야 한다.

둘째, 성공을 확신하는 사람의 자세다.

감동적인 영화나 훌륭한 음식점을 접하고 주위 사람들에게 정신

없이 입소문을 퍼뜨렸던 경험이 여러분에게도 있을 것이다. 진심으로 좋다고 느꼈기 때문에 그랬을 것이다. 성공도 마찬가지다. 만일 자신이 성공할 거라고 진심으로 믿는다면, 시간이 날 때마다 주위 사람들에게 말할 것이다. 나는 성공할 것이라고.

말에는 힘이 있다. 친구나 가족 앞에서 "난 안 될 것 같다"는 좌절과 실패의 말을 하면 좌절과 실패가 찾아온다. 성공이나 실패에 대해서 별 말 없이 살면 평범함 삶이 찾아온다. 반면 앞에서 예를 든 사람들처럼 성공을 말하면 성공이 찾아온다. 성공하고 싶다면, 사람들 앞에서 아무렇지 않은 듯한 얼굴로 "난 성공한다!"라고 말할 수 있어야 한다. 그들이 여러분의 말을 어떤 태도로 듣든 상관없다.

앞의 두 교훈대로 살면 누구나 꿈을 이룰 수 있고 성공할 수 있다. 나는 권하고 싶다. 앞의 사람들처럼 살라고. 하지만 아직은 어렵다면 변화를 꾀하고, 성공을 부르는 문장을 몇 개 만들어서 매일 20~30회 이상 큰 소리로 반복하는 것도 좋다. 물론 그것이 이루어진 모습을 생생하게 그리면서.

이를테면 "나는 적극적인 사람이 될 것이다", "나는 최고경영자가 될 것이다", "나는 행복한 사람이 될 것이다" 같은 문장을 만들 수 있다. 이 방법은 강력한 효과가 있다. 실제로 삶이 그 말처럼 변화한다. 이는 과학적으로도 증명되었다. 뇌 과학자들에 따르면, 어떤 말을 반복해서 외치면 뇌는 점점 그 말을 믿게 된다. 그리고 그 말과 관련된 호르몬을 분비한다. 예를 들면 "나는 행복하다"고 반복해서 외치면 뇌가 행복을 느끼게 하는 호르몬을 분비한다. "나는 성공한다"라고 반복적으로 말하면 뇌가 집중력과 행동력을 유발하는 호르몬을 분비한다.

미국 시카고에 위치한 에이온 기업의 소유주 W. 클레멘트 스톤의 사례를 보자. 그는 매일 아침 직원들과 함께 "기분이 좋다. 몸이 상쾌하다. 날아갈 것 같다"라고 외치면서, 실제로 직원들과 함께 그렇게 느끼고 있는 자신의 모습을 생생하게 상상했다. 그러자 어떻게 되었을까? 기업이 초고속 성장을 거두었다. 직원들이 수십만 명으로 불어났고, 클레멘트 스톤은 억만장자가 되었다.[45] 아침마다 행복하게 회사 일을 시작하는 사장 아래 전 임직원이 고객을 웃는 얼굴로 대하고, 회사 일 역시 기쁘고 즐겁게 한 덕분이다.

자신의 말로 VD하라

세계적인 동기부여가 캐서린 폰더는 소리 VD 기법을 사용해서 가난한 사람들을 부자로 변화시키는 것으로 유명하다. 대표적인 사례로, 그녀에게 교육받은 한 가정부는 몇 년 만에 의류회사 최고경영자가 되었고, 한 증권회사 중개인은 불황 속에서 이익을 4배나 냈고, 100만 달러대의 공사밖에 수주하지 못하던 한 건설회사 사장은 오래지 않아 1억 달러대의 공사를 수주하는 사람이 되었다.

캐서린 폰더가 가르치는 소리 VD 기법의 핵심은, 자신의 꿈이 이루어진 모습을 생생하게 꿈꾸면서 그것을 하루 3번씩 5분간 큰 소리로 반복해서 말하는 것이다.[46]

저명한 교육심리학자 폴 그래그 박사는 존 데마르티니의 사례를 통해서 소리 VD 기법을 실천하면 누구나 기적 같은 삶의 변화를 이룰 수 있음을 증명했다.

7세에 학습 불능, 즉 저능아 진단을 받고, 14세에 결국 학교를 그만두고, 17세에 약물에 중독된 존 데마르티니를 알게 된 폴 그래그 박사는 존을 치료하면서 매일 수십 번씩 "나는 천재다. 나는 내 지혜를 활용한다"는 문장을 큰 소리로 외치게 하면서 이미 그렇게 사는 모습을 상상하게 했다. 존은 어떻게 되었을까? 휴스턴대학에 입학했고, 박사가 되었고, 사회에 나와서는 기업을 대상으로 한 54개의 연수 프로그램을 만들었고, 13권의 책을 썼고, 세계적인 강연가가 되었다.[47]

폴 그래그 박사만큼 저명한 교육심리학자 프레스코트 레키 박사는 소리 VD 기법으로 수천 명의 열등생을 우등생으로 변화시킨 것으로 유명하다. 대표적으로 그는 영어시험에서 낙제한 학생에게 "나는 영어로 작품을 써서 문학상을 수상할 것이다"라고 말하며 VD하게 해서 실제로 문학상 수상자가 되게 만들었는가 하면, F학점으로 도배된 성적표를 받고 제적된 학생에게 "나는 전 과목에서 A학점을 받을 것이다"라고 말하며 VD하게 해서 실제로 콜롬비아대학교를 올 A학점으로 졸업하게 했다.[48]

꿈이 이끄는 대로 써라

: 글 VD

윌리엄 제퍼슨 클린턴은 20세기에 가장 성공한 사람 중의 한 명이다. 그는 사회경제적으로 최하위층, 그것도 결손가정에서 태어났지만 32세에 미국 역사상 최연소로 주지사에 당선되는 기록을 세웠고, 보통 정치인이라면 이제 막 본격적인 활동을 시작할 나이인 46세에 세계 정치계의 정점이라고 할 수 있는 미합중국 대통령 자리에 올랐다.

이런 성공의 축복을 받은 사람이 인류 역사상 과연 몇 명이나 될 것 같은가?

클린턴은 자서전《빌 클린턴의 마이 라이프》의 첫 페이지를 이렇게 시작하고 있다.

"법대를 갓 졸업하고 인생을 한번 제대로 살아보고 싶은 마음으로 가슴이 뜨거웠던 젊은 시절, 나는 즐겨 읽던 소설과 역사책을 잠시 옆으로 밀어두고 실용서 한 권을 사 보았다. 앨런 라킨이 쓴《시간과 인생을 통제하는 방법(How to Get Control of Your Time and Your Life)》이라는 책이었다.

이 책의 요점은 단기·중기·장기 인생 목표를 나열한 다음 중요도에 따라 구분을 해보라는 것이었다. A그룹에는 가장 중요한 것, B그룹에는 그다음으로 중요한 것, C그룹에는 마지막 목표들을 집어넣고, 각 목표마다 그것을 달성하는 데 필요한 구체적 행동을 적어야 했다.

나는 30년 가까운 세월이 흐른 지금까지 그 책을 갖고 있다. 그때 목표를 적은 종이도 어딘가에 있을 것이다. A그룹에 적었던 목표들은 지금도 기억한다."

클린턴은 미국 대통령을 두 번이나 지낸 사람이고, 퇴임한 지금도 세계에 특별한 영향력을 끼치고 있는 인물이다. 그런 대단한 인물이 왜 자서전의 첫 페이지를 목표를 글로 적는 이야기로 시작했을까? 그것도 자기계발서의 제목까지 언급해가면서.

클린턴의 마음속에 들어갔다 나오지 않는 이상 누구도 정확한 이유를 알 수 없을 것이다. 하지만 상식적인 추론은 가능하다. 그는 말하고 싶었던 게 아닐까? 자신이 거두었던 모든 영광스런 성공들은, 목표를 글로 적으면 이루어진다는 내용이 담긴 한 권의 자기계발서로부터 비롯되었다고.

1953년의 일이다. 미국 예일대학교는 졸업생들을 대상으로 인생 목표와 그것을 달성할 계획이 적힌 종이를 갖고 있는지 물었다. 단지 3%의 학생들만 "그렇다"고 답했다. 20년이 흐른 1973년, 예일대학교는 1953년도 졸업생을 대상으로 조사를 했다. 그 결과 목표와 계획이 적힌 종이를 갖고 있었던 3%가 나머지 97%보다 훨씬 더 충만하고 행복한 감정을 느끼면서 살고 있다는 사실을 발견하게 되었다. 재정적인 측면에서는 더 놀라운 결과가 나왔다. 3%의 재산이 나머지 97%의 재산을 합친 것보다 많았다(《USA 투데이》지는 2002년도 1월에 예일대학교와 비슷한 조사를 했다. 그들은 독자들을 대상으로 신년 계획에 대해 인터뷰를 했는데, 신년 계획을 글로 적어두는 사람들과 머릿속에 담아두는 사람들로 구분할 수 있었다. 1년 뒤인 2003년 2월《USA 투데이》지는 다음과 같은 사실을 확인했다. 계획을 글로 적어둔 사람들의 목표 성취율이 그렇지 않은 사람들보다 무려 1,100%나 높았다[49]).

클린턴은 1973년 봄에 예일대 법대를 졸업했다. 아마도 그는 1953년도 졸업생들에 대한 조사 결과를 학교를 졸업한 뒤에 접한 것 같다. 그리고 곧바로 앨런 라킨의 책을 구입하고 목표를 글로 적었던 것 같다.

성공하는 사람들은 과연 다르다. 그들은 귀로 들으면 즉시 행동으로 옮긴다.

그런데 이쯤에서 한 가지 의문이 생긴다. 목표를 종이에 적는 것을 그토록 강조한 클린턴은 왜 "그때 목표를 적은 종이도 어딘가에 있을 것이다"라고 했을까? 이것은 그가 목표를 적은 종이를 소홀히 다루었다는 인상을 준다. 하지만 의문은 쉽게 풀린다. 그의 자서전 마지막 페이지에는 이렇게 적혀 있다.

"내 이야기로 돌아오자. 나는 지금도 젊은 시절에 세웠던 인생 목표를 달성하기 위해 노력하고 있다."

이를 통해 우리는 추리해볼 수 있다. 클린턴의 '종이에 목표 적기 습관'은 예일대 법대를 졸업하고 대통령을 퇴임한 지금까지도 계속되고 있다고. 틈날 때마다 자신의 목표를 새 종이에 적고 있는데, 폐지나 마찬가지 상태인 30여 년 전의 종이를 구태여 가지고 다닐 이유가 없는 것이다.

즉 클린턴의 이 말은, 젊은 시절에 세웠던 인생 목표들을 새로운 종이에 계속해서 적으면서, 그 목표들을 달성하기 위해 노력하고 있다는 의미로 받아들일 수 있다. 이러한 추론이 가능한 것은 클린턴이 R=VD 마니아이기 때문이다.

클린턴은 초등학교 시절부터 "나는 대통령이 될 거야"라고 공언하고 다녔고, 청소년 시절에는 케네디 대통령과 함께 찍힌 자신의 사진을 보면서 백악관의 주인이 되는 것을 생생하게 꿈꾼 것으로 유명하다.

정리하자면 클린턴은 '소리 VD 기법'을 초등학교 때부터, '사진 VD 기법'은 15세부터, '글 VD 기법'은 27세부터 실천한 사람이다.

글 VD로 꿈을 이룬 사람들

꿈이 이루어진 모습을 생생하게 그리면서 그 꿈을 글로 적으면 이루어진다는 이야기는 사실 널리 알려진 R=VD 기법 중의 하나다. 이 기법을 실천해서 꿈을 이룬 대표적인 사람들을 알아보자.

조지 워싱턴

"나는 아름다운 여자와 결혼할 것이다. 나는 미국에서 가장 큰 부자가 될 것이다. 나는 군대를 이끌 것이다. 나는 미국을 독립시키고 대통령이 될 것이다."[50]

미국 건국의 아버지 조지 워싱턴은 12세 때부터 위의 목표를 글로 적으면서 생생하게 꿈꾸었다.

이소룡

"나는 미국에서 최고의 대우를 받는 첫 동양인 스타가 될 것이다. 나는 1970년부터 세계적인 명성을 얻을 것이고, 1980년까지 천만 달러를 벌 것이다."

이소룡이 친필로 작성한 이 종이는 뉴욕 플래닛 할리우드에 소장되어 있다.

비틀스

"존과 나는 거의 언제나 공책을 펼쳐놓고 나란히 앉곤 했다. 완전히 누더기가 되어버린 그 공책은 지금까지 소중히 간직하고 있다. 첫 페이지 상단에 '레넌과 매카트니의 오리지널'이란 제목을 붙이고 생각나는 대로 무엇이든 써두었다. 공책 한 권이 그렇게 빽빽이 채워졌다. 다음 세대에는 우리가 최고의 밴드가 될 거라는 꿈으로 가득 채워진 공책이었다. 그리고 우리는 그 꿈을 이루어냈다."

비틀스 멤버 폴 매카트니가 한 말이다. 작가 래리 레인지가 쓴 《오만한 CEO 비틀스》라는 책에 있는 내용이다. 래리 레인지에 따르면 폴 매카트니는 이렇게 단언했다고 한다.

"꿈을 글로 적는 습관이 비틀스의 성공에 커다란 역할을 했다."

스콧 애덤스

"나는 신문에 만화를 연재하는 유명한 만화가가 될 것이다."

만화가를 꿈꾸었지만 공장에 취직하게 된 스콧 애덤스는 자신의 꿈이 이루어진 모습을 생생하게 그리면서, 매일 종이에 15번씩 이렇게 적었다. 마침내 신문에 만화를 연재하는 꿈이 이루어지자 이번에는 매일 15번씩 "나는 세계 최고의 만화가가 되겠다"라고 적었다. 현재 그의 만화는 전 세계 2천여 종의 신문에 연재되고 있다. 그는 지금도 매일 15번씩 종이에 이렇게 적고 있다고 한다. "나는 퓰리처상을 받을 것이다."[51]

이나모리 가즈오

"월 매출 10억 엔을 달성하고, 모두 하와이로 여행 갑시다!."

연 매출이 5, 6억 엔이던 시절, 이나모리 가즈오는 플래카드에 위와 같이 적어 회사 입구에 걸어놓고는, 전 직원과 함께 꿈이 이루어진 모습을 생생하게 그렸다. 월 매출 10억 엔의 꿈은 오래지 않아 이루어졌다. 참고로 이나모리 가즈오의 회사는 이때를 기점으로 대기업으로 성장했다.[52]

손정의

"나는 우리 회사를 5년 안에 100억 엔, 10년 안에 500억 엔, 그 뒤로는 수조 원대 규모의 자산가치를 지닌 기업으로 성장시킬 것이다."

1980년 2월, 아르바이트생 두 명을 데리고 유니슨 월드를 차리면서 손정의는 이와 같이 종이에 적고, 선언했다. 당시에 그는 아르바이트생에게 월급도 제대로 주지 못하는 처지였다.

글 VD 기법

'글 VD 기법'은 쉽고 간단하다.

1. 꿈의 노트를 한 권 마련한다.
2. 노트에 꿈을 적는다.
3. 적으면서 또는 적은 내용을 소리 내어 읽으면서, 꿈이 이루어진 모습을 생생하게 그린다.

이 세 가지가 전부다. 좀 더 자세한 설명을 바라는 사람들을 위해 덧붙여보겠다.

1. 꿈의 노트는 어떤 노트라도 좋다. 꼭 노트일 필요도 없다. 다이어리나 연습장 같은 것도 좋고 이면지 묶음이나 포스트잇도 괜찮다. 한글 워드 파일을 사용해도 좋다. 중요한 것은 노트가 아니라 꿈을 글로 적는 행위이기 때문이다.
2. 꿈은 많이 적으면 적을수록 좋다. 30가지든 100가지든 상관없다. 이루고 싶은 꿈을 모두 적어라. 되도록 과감하고 대담하게 적을 것을 권한다. 참고로 나는 노트를 세 부분으로 나누어서, 첫 번째는 개인적인 소망, 두 번째는 가족을 위한 소망, 세 번째는 사회와 국가와 인류를 위한 소망을 적을 것을 권한다. 적는 행위는 대체적으로 한 번이면 족하나, 만화 《딜버트》의 작가 스콧 애덤스가 매일 15번씩 반복적으로 적었던 것처럼 매일 꾸준히 적으면 더욱 좋다. 매일 꾸준히 반복적으로 적으면 더욱 신속하고 강력한 효과를 볼 수 있다.
3. 노트에 적은 내용을 최소 하루 한 번 이상 읽으면서, 꿈이 이루어진 모습을 생생하게 그린다. 오감을 동원해서 생생하게 느껴야 한다. 명심하라. 꿈이 이루어지는 속도는 자신이 느끼는 생생함에 비례한다.

글 VD 기법을 실천할 때, 유의해야 할 두 가지 원칙이 있다.

첫 번째 원칙은 누가 무슨 말을 하든, 꿈의 노트에 적은 내용이 반드시 이루어진다는 것을 진심으로 믿어야 한다. 그 믿음을 지킴으로 설사 어떤 불이익이 온다 해도 기쁘게 감수해야 한다. 그게 꿈을 믿는 사람의 태도이고, 꿈은 바로 그런 사람의 믿음에 반응하기 때문이다.

수십 년 전의 일이다. 미국의 한 고등학교 선생님이 자기 반 학생들에게 어른이 되면 이루고 싶은 꿈을 써오라는 숙제를 냈다. 아이들은 미래의 꿈을 노트에 열심히 적어서 제출했다. 하지만 담임선생님이 보기에는 황당하기 이를 데 없는 꿈들이었다. 철없는 10대 시절에나 가져볼 수 있는 비현실적인 꿈들이었다.

담임선생님은 교육적 간섭이 필요하다고 생각했다. 아이들에게 현실적인 안목을 길러주어야 한다고 판단했다. 그는 아이들에게 꿈의 노트를 되돌려주면서 현실적인 꿈을 적을 것을 요구했다. 아이들은 담임선생님의 마음에 들도록 꿈을 새로 적었다. 가정환경, 학교 성적 같은 현실적인 잣대에 비추어서 충분히 이루어질 법한 꿈들을 적었다. 그리고 선생님으로부터 A플러스 혹은 A를 받았다.

그런데 먼티라는 아이는 꿈의 노트를 한 글자도 고치지 않고 그대로 제출했다. 그의 노트 첫 페이지 상단에는 이렇게 적혀 있었다.

"나는 200에이커(약 24만 평)에 달하는 목장을 소유하는 사람이 될 것이다. 나는 경주마 트레이너들을 고용하는 사람이 될 것이다. 나는 서러브레드 순종 경주마를 기르는 사람이 될 것이다."

그 밑에는 목장의 조감도가 생생하게 그려져 있었다. 다음 페이지에는 목장의 구조가 자세하게 적혀 있었고, 그다음 페이지에는 목장에서 기르게 될 가축과 목동의 수가 구체적으로 적혀 있었다. 이런 식으로 미래에 자신이 소유하게 될 목장에 관한 사항들이 총 7페이지에 걸쳐 상세하게 적혀 있었다.

담임선생님은 어이가 없었다. 자신의 선의가 무시당한 것에도 화가 살짝 치밀었다. 그는 먼티에게 차갑게 말했다.

"이봐, 먼티. 네 마음을 이해해. 나도 네 나이 땐 커다란 꿈을 꾸었었지. 하지만 말이야. 꿈은 현실이 될 수 없기 때문에 꿈인 거야. 네가 처한 현실을 한번 생각해봐. 너는 지금 엄마도 없이 아빠랑 단 둘이 트럭 뒤 칸에서 살고 있잖아. 게다가 네 아빠는 이 목장 저 목장 떠돌면서 잡일을 하고 있어. 그런데 네가 무슨 수로 목장을 살 수 있겠니? 네가 어디서 무슨 돈이 나서 경주마를 구입하고, 수십 명에 달하는 트레이너와 목장 노동자에게 매달 월급을 줄 수 있겠니? 백번을 다시 생각해봐도 말이 안 돼. 그런 일은 있을 수 없어. 선생님이 다시 기회를 줄게. 이 페이지들은 전부 찢어버리고, 새로운 꿈을 적으렴. 네 처지에 맞는, 실현 가능한, 상식적으로 납득할 수 있는 꿈을 적으란 말이야. 만일 그렇지 않으면 난 네게 F를 줄 수밖에 없단다. 허황된 소리들만 잔뜩 적혀 있는 리포트에 어울리는 점수는 F밖에 없으니까."

다행스럽게도 먼티는 담임선생님의 의견에 동의하지 않았다. 대신 그는 확신에 찬 어조로 이렇게 말했다.

"선생님, 저는 꿈을 글로 적고 생생하게 꿈꾸면 반드시 이루어진다는 말을 믿어요. 제게 F를 주세요. 전 학교 점수보다 제 꿈이 더 중요해요."

담임선생님은 고개를 절레절레 흔들었고, 먼티는 F를 받았다.

미국 캘리포니아 주에는 'Flag is up Farms'라는 목장이 있다. 고등학생 먼티의 꿈의 노트에 적힌 내용들이 거의 완벽하게 구현된 이 목장의 주인은 당연히 먼티다.[53]

두 번째 원칙은 꿈의 노트를 항상 소지하고 다녀야 한다는 것이다. 노트가 너무 두꺼워서 갖고 다니기 곤란하다면, 일단 두꺼운 노트에 꿈을 적은 뒤, 작은 수첩에 옮겨 적어서 가지고 다니면 된다. 작은 메모지 한 장 정도에 꿈의 목록이 전부 들어가는 경우라면, 메모지에 적어서 지갑에 넣어 가지고 다녀도 좋다. 우주에 존재하는 모든 것이 그렇듯이 꿈 역시 자신을 소중하게 여기는 대상에게로 기울고, 자신을 한 몸처럼 여기는 사람을 위해 헌신하기 때문이다.

올림픽 10종 경기 금메달리스트인 브루스 제너가 1996년 애틀랜타 올림픽을 앞두고, 올림픽 10종 경기 대표선수 지망생들을 대상으로 강연을 했을 때의 일이다. 브루스 제너가 강연 도중 이렇게 물었다.

"여러분 중에 꿈의 노트를 가지고 있는 사람이 있습니까? 그 노트를 보면서 꿈이 이루어진 모습을 매일 생생하게 그리는 사람이 있습니까?"

그러자 대표선수 지망생 전부가 손을 번쩍 들었다.

브루스 제너가 다시 질문했다.

"그렇다면 지금 이 순간 꿈의 목록을 적은 종이를 가지고 있는 사람이 있습니까?"

이번에는 오직 한 사람만이 손을 들었다.

1996년 애틀랜타 올림픽 10종 경기에서 금메달을 딴 사람은, 브루스 제너의 두 번째 질문에 손을 들었던 댄 오브라이언이다.[54]

세계적인 영화배우 짐 캐리도 이 원칙을 철저하게 지킨 것으로 유명하다. 길고 혹독한 무명 시절을 보내던 어느 날, 짐 캐리는 글 VD 기법에 대해 듣고는 즉시 수표 용지 한 장을 구했다. 그러고는 이렇게 적었다.

> 지급 기한 : 1995년 추수감사절까지
> 지급 금액 : 1천만 달러
> 지급하는 사람 : 할리우드 영화사
> 지급받는 사람 : 짐 캐리

짐 캐리는 이 수표 용지를 지갑 속에 넣어 가지고 다녔고, 매일 수시로 들여다보면서 영화 출연료로 1천만 달러를 받는 자신의 모습을 생생하게 꿈꾸었다.

짐 캐리는 1995년에 실제로 영화 출연료로 1천만 달러를 받았다. 추수감사절 전이었고, 영화 제목은 〈마스크〉였다.[55]

PART 5

꿈 너머의 꿈이 현실이 되다

VD 기법 : 심화편

꿈을 이룬 사람들의 파티
: 파티 VD 기법

'미래의 백만장자 파티'에 대해서 들어보았는가? 형식은 일반 파티와 같다. 칵테일 또는 음료 등을 마시면서 친목을 도모하고, 인간관계를 넓힌다. 다만 좀 특이한 점이 있다면 참가자들이 실제로는 백만장자가 아닌데 파티가 진행되는 내내 자신을 백만장자라고 소개하고, 백만장자처럼 행동한다는 것이다.

예를 들어, 여러분이 그 파티에 참가했다고 하자. 그러면 자신을 소개할 때 이런 식으로 말해야 한다.

"안녕하세요. 이번에 무슨 사업으로 백만 달러를 번 아무개입니다."

그러면 사람들이 감탄하며 질문한다.

"정말 대단하시군요. 그런데 혹시 백만 달러를 버는 중에 위기 같은 것은 없었습니까?"

그러면 감사하다고 말하면서, 백만 달러를 벌기 위해 노력하다가 위기에 처했던 일과 그 위기를 벗어나기 위해서 어떻게 사고하고 행동했는지를 설명한다.

그 말을 청취한 사람들은 존경의 표시로 박수를 치고, 수첩에 그 말을 기록하고, 녹음기에 이야기를 녹음한다. 이때 또 한 무리의 사람들이 질문한다.

"그 백만 달러를 어떻게 쓰고 있습니까?"

그러면 백만 달러를 가지고 무엇을 구입했고, 어디에 투자했으며, 통장에 얼마가 남았는지 등을 자세하게 설명한다. 말이 끝날 때쯤 누군가가 모금함을 들고 다가와서 말한다.

"저는 한 국제구호단체에서 기부금 모금을 맡고 있습니다. 굶주림으로 죽어가고 있는 아프리카 아이들을 위해 기부를 해주실 수 없겠습니까?"

그의 제안에 흔쾌히 응하면서, 주머니에서 수표책을 꺼내 10만 달러를 쓴 뒤 모금함에 넣는다. 사람들은 우레와 같은 박수로 선행을 칭찬한다.

이런 식으로 참석자 전원이 자신이 어떻게 백만 달러를 벌었고 어떻게 쓰고 있다는 것을 순서대로 발표하고, 다른 참석자들은 그에게 박수를 쳐주고, 그의 말을 기록하고, 그와 기념사진을 찍는 등 분위기를 고조시킨다.

이 파티 이야기를 처음 접했을 때, 나는 '이게 웬 방정인가?' 하고 생각했다. 하지만 로리 베스 존스를 비롯한 세계적인 자기계발 전문가들이 이런 모임의 효과에 대해서 긍정하고 있다는 사실을 접하고는 생각을 고쳐먹게 됐다.

지금은 세계적인 유명인사가 된 로리 베스 존스는 《사명선언문, 새로운 인생으로 승부한다》에서 평범한 직장인이었던 시절, 독특한 방법으로 진행된 한 금전관리 강좌에 참여했던 자신의 경험을 이야기하고 있다.

강사는 참석자들에게 명찰을 하나씩 나눠준 뒤 벌고 싶은 돈의 액수를 적으라고 했다. 로리는 좀 당황스러웠던 것 같다. 금전관리 강좌에서 돈을 벌고 관리하는 실제적인 방법은 가르쳐주지 않고 대뜸 명찰 위에 앞으로 벌고 싶은 돈의 액수를 적으라고 하니까 말이다. 그래서 머뭇거리고 있는데 강사가 옆으로 다가와서 왜 액수를 쓰지 않느냐고 물었다.

"얼마나 써야 하는지 모르겠는데요."

"로리, 여기에 적는 액수는 틀린 답이라고는 없는 거예요. 왜 그냥 생각나는 대로 쓰지 않는 거죠?"

둘 사이에 이런 대화가 오갔다. 마침내 그녀는 위기를 벗어날 요량으로 약간 경박스럽게 덜렁대면서 큰 소리로 이렇게 말했다.

"새해에는 8만6천 달러를 벌고 싶어요."

그러자 다른 수강생들이 반드시 그렇게 될 거라고 격려하면서 열정적으로 박수를 쳐주었다.

로리 베스 존스는 1985년 말에서 1986년 초까지 약 5주 동안 그 강좌에 참석했는데, 그때마다 벌고 싶은 돈의 액수가 적힌 큼지막한 명찰을 가슴에 차고 돌아다녀야 했다. 그러면 다른 수강생들은 이렇게 말해주었다.

"우와, 올해 8만6천 달러를 버셨군요. 열심히 일한 덕분이겠죠. 수고하셨습니다."

그때마다 그녀는 약간 우쭐대는 듯한 표정을 지으며 이렇게 대답해야 했다.

"그래요. 하지만 생각했던 것보다는 훨씬 쉬웠답니다."

그러고는 상대방의 명찰에 적힌 돈의 액수를 보면서 같은 덕담을 건넸다.

실제로는 어떻게 되었을까? 강좌를 수료한 지 한 달도 못 돼서 실업자가 되는 아픔을 겪기도 했지만, 결국에는 그해에 8만6천 달러

이상의 수입을 올리게 되었다고 한다. 이는 전해의 3배에 달하는 수입이었다.

10년 뒤 미래의 모습으로 참석하는 파티

아마도 청소년에게는 노골적으로 돈을 추구하는 미래의 백만장자 파티가 부담스럽게 느껴질 수 있다. 그렇다면 '10년 뒤 미래의 모습으로 참석하는 파티'에 관심을 가져볼 만하다. 이 파티도 형식은 보통의 파티와 같다. 다만 10년 뒤의, 꿈을 이룬 자신의 모습으로 참석해야 한다는 점이 좀 특이하다.

예를 들어, 자신의 꿈이 대기업 최고경영자라고 하자. 그렇다면 꿈이 이미 실현되었음을 증명해주는 증거들, 이를테면 신문이나 잡지에서 스크랩한 자신의 인터뷰 기사나 '○○사 최고경영자'라고 적힌 명함을 가지고 파티에 참석해야 한다. 이런 것들을 어떻게 준비하느냐고 묻는 사람을 위해서 말한다면, 인터뷰 기사는 이를 전문적으로 제작해주는 업체가 있고, 명함은 가까운 명함 제작업체에서 만들면 된다. 그다음 순서는 미래의 백만장자 파티와 동일하다. 참석자들은 돌아가면서 자신의 성취에 대해서 발표하고, 다른 참석자들로부터 꿈을 이룬 비결에 대해서 질문을 받고 대답을 한다.

미래의 백만장자 파티와 마찬가지로 이 파티 역시 주로 미국에서 많이 개최되는데, 보통 수십 명의 아르바이트생이 파티에 동원된다고 한다.

아르바이트생들은 다음과 같은 역할을 한다. 꿈이 유명 가수인 사람이 입장하면 그의 팬임을 밝히면서 그의 이름을 큰 소리로 환호하고, 사인해달라면서 몰려들고, 파파라치처럼 집요하게 카메라를 들이댄다. 꿈이 백만장자인 사람이 입장하면 우르르 몰려들어서 자신이 준비 중인 사업에 투자해달라고 요청하고, 돈 버는 비결을 가르쳐달라고 떼를 쓴다. 즉 이들은 파티 참석자들로 하여금 소망을 이룬 느낌을 구체적으로 실감할 수 있도록 돕는 역할을 한다.

굳이 이렇게까지 해야 할 필요가 있느냐는 생각이 들 수 있다. 앞에서도 밝혔다시피 나도 잠시 그런 생각을 했다. 솔직한 심정으로 이런 파티에 참석한다는 사람들이 한편으로는 우습고 또 한편으로는 불쌍하게 느껴질 정도였다. 하지만 긍정적인 관점에서 살펴보자. 부정적인 관점이라는 것은 우리네 인생에 하등의 도움도 되지 않는 것이니까.

나는 '파티 VD 기법'이 R=VD 공식의 본질에 가장 가깝게 다가간 VD 기법이라고 생각한다. 혼자서 섀도 복싱만 열심히 하는 권투 선수는, 섀도 복싱은 물론이고 다른 선수들을 상대로 스파링까지 열심히 하는 권투 선수를 절대로 이길 수 없다. R=VD 공식을 실천하는 것 역시 마찬가지다. 혼자서 공식을 실천하는 것도 좋지만 때로 다른 사람과 함께 실천하면 훨씬 더 큰 효과를 볼 수 있을 것이다. 아마 그런 이유 때문에 미국에서는 파티 VD 기법이 금전관리 강좌 같은 곳에서도 사용되고 있는 것이리라.

잭 캔필드와 재닛 스위처가 함께 쓴 《독수리처럼 나비처럼: 성공의 원리》에는 수잔 제퍼슨의 사례가 나온다. 그녀는 〈뉴욕타임스〉 베스트셀러 작가가 되고 싶다는 꿈을 가진 가정주부였다. 그녀는 R=VD 공식을 열심히 실천했지만 꿈은 쉬이 이루어지지 않았다. 하긴 〈뉴욕타임스〉 베스트셀러 작가가 된다는 게 어디 보통 노력으로 가능한 일인가! 집안일에서 완전히 손을 떼고 10년, 20년씩 매진해도 이룰 수 있을까 말까 한 꿈이다. 그러던 중 그녀는 파티 VD 기법에 대해서 듣게 되었다.

1986년 어느 날, 수잔 제퍼슨은 한 유명 회사가 후원하는 VD 파티가 캘리포니아 주 롱비치에 정박한 퀸메리호 선상에서 열린다는 소식을 들었다. 콘셉트는 '1991년도 당신의 모습으로 참석하는 파티'였다. 그녀는 당시 책 한 권도 못 낸 상태였지만, 자신의 이름으로 출판된 실물 크기의 책 세 권을 만들어서 파티에 참석했다. 그러고는 자신을 〈뉴욕타임스〉 베스트셀러 작가라고 소개했다. 참석자들은 그런 그녀에게, "알아요. 지난번에 〈오프라 윈프리 쇼〉에 출연하셨죠? 그때 하신 말씀 정말 감동적이었어요" 같은 덕담을 해주었다. 어떤 사람들은 환호하면서 그녀에게 사인을 요청했다.

그렇게 그녀는 이미 꿈을 이룬 자신의 모습을 내면 깊숙한 곳에 생생하게 각인시킨 뒤 집으로 돌아왔다. 이제 그녀는 더 이상 과거의 수잔 제퍼슨이 아니었다. 꿈을 이루고 싶다는 막연한 희망을 가진 그런 사람이 아니었다. 그녀는 꿈과 일체가 되었다. 꿈은 수잔 제퍼슨이 되었고, 수잔 제퍼슨은 꿈이 되었다. 그러자 그날 밤부터 그녀의 삶에 변화가 일어나기 시작했다. 그녀의 내면 깊숙한 곳에서 사람들의 심금을 울리는 문장이 쏟아져나오기 시작했다. 그렇게 그녀는 17권의 책을 출판했고 마침내 〈뉴욕타임스〉 베스트셀러 작가가 되었다.

퀸메리호의 선상 파티에 작가의 꿈을 가지고 참석했던 또 한 사람이 있었다. 그는 수잔 제퍼슨보다 한술 더 떠서 자신의 책이 〈뉴욕타임스〉 베스트셀러 1위에 오른 것을 전하는 소식과 그에 대한 논평이 실린 기사를 제작해서 참가했다. 그는 자신의 기사를 참석자들에게 열정적으로 보여주었고, 사람들은 그런 그를 진심으로 축하해주었다. 아마 여러분도 그가 쓴 책을 한 번쯤은 읽어보았을 것이다. 그는 우리나라에서도 오랫동안 베스트셀러 1위를 차지한 《마음을 열어주는 101가지 이야기》의 주 저자 잭 캔필드다.

그는 선상 파티에 참석한 지 몇 년이 못 돼서 자신의 꿈을 이뤘고, 각종 유명 토크쇼의 고정 출연자가 되었다. 한번은 ABC 방송의 〈캐럴 앤 매릴린 쇼〉에 출연한 그가 1986년에 참가했던 VD 파티의 효과에 대해 이렇게 말했다.

"정말 신기하게도 그날 VD 파티에 참석했던 모든 사람들의 꿈이 그날을 기점으로 빠르게 이루어지기 시작했습니다."

VD 파티로 성공의 확신을 얻어라

불가능한 조건을 딛고 꿈을 이룬 사람들의 공통점은 무엇일까? 바로 온 마음으로 성공을 확신했다는 점이다. 그렇기에 그들은 어떤 악조건, 어떤 실패에도 굴하지 않고 꿈을 향해 전진할 수 있었다. 만일 여러분도 그들과 같은 확신을 가질 수 있다면 같은 결과를 얻을 수 있다.

하지만 이런 확신을 갖는 게 쉬운 일일까? 소수의 사람에게는 쉬운 일이겠지만 대다수의 사람에게는 거의 불가능에 가까운 일이다. 즉 평범한 사람이 성공의 확신을 갖자면 계기가 필요하다. VD 파티는 그 계기가 될 수 있다. VD 파티의 핵심은 성공의 확신을 얻는 것이기 때문이다.

파티라는 단어가 청소년에게는 좀 많이 멀게 느껴질 수도 있다. 하지만 파티는 꼭 거창하거나 화려할 필요가 없다. 아르바이트생을 동원할 필요도 없고, 으리으리한 장소를 물색할 필요도 없다. 그저 같은 꿈을 지닌 친구들과 모여서 서로의 꿈이 이루어지리라는 확신을 갖고 이야기를 나누는 것으로 충분하다.

주변에 같은 꿈을 지니고 있는 친구가 있는가? 그 친구와 VD 파티를 개최해보라. 없는가? 그렇다면 관련 카페 등에 가입해서 회원들에게 VD 파티를 제안해보라. 분명히 지원자가 있을 것이다. 파티를 계획하고 진행하는 순간까지도 '과연 이런 게 효과가 있을까?' 하는 의심이 생길 수 있지만, 일단 파티를 마치고 집으로 돌아오면 자신의 내면에 어떤 성공의 확신이 생겨났음을 경험할 수 있을 것이다. 그 확신은 곧 자신의 인격을 지배할 것이다. 마음에 자신감을 심어주고 행동에 강한 힘을 부여할 것이다.

아마도 이제껏 여러분은 둘 중 하나였을 것이다. 현실의 무게에 짓눌린 나머지 꿈을 갖는 것조차 두려워했거나, 꿈을 추구하긴 했지만 장애물을 만나면 이내 의지를 잃고 이전의 생활로 돌아갔던 사람.

VD 파티를 개최해보라. VD 파티에 참여해보라. 내면 깊숙한 곳에서 잠자고 있던 거인이 깨어날 것이다. 그것은 현실의 무게를 가볍게 떨쳐버리고 꿈을 향해 불사조처럼 날아가는 엄청난 존재로 변화하게 될 것이다.

{ 책을 덮기 전에 }

1910년의 일이다. 필리핀에 대통령의 꿈을 가진 마누엘 L. 퀘손이 라는 사람이 있었다. 그에게 R=VD 공식이 다가왔다. 나폴레온 힐이 라는 사람을 통해서.

퀘손은 흥미를 보였지만 R=VD 공식을 실천하지는 않았다. 그렇게 24년이 흘렀다. 그는 여전히 꿈을 이루지 못하고 있었다. 그러던 중 퀘손은 오래전에 들었던 한 공식을 떠올리게 되었다. 물에 빠진 사람이 지푸라기 잡는 심정으로 그는 R=VD 공식을 실천하기 시작했다. 그러자 길이 조금씩 열렸다. 공식의 효과에 눈을 뜬 퀘손은 R=VD 공식을 열정적으로 실천했다. 그리고 오래지 않아 필리핀 초대 대통령이 되었다.

1910년의 마누엘 L. 퀘손에게 그랬듯이, 지금 여러분에게도 R=VD 공식이 다가왔다. 이지성이라는 사람을 통해서! 여러분은 어떻게 할 것인가? 흥미만 느끼고 곧 잊어버릴 것인가? 이제껏 여러 권의 책을 읽어오면서 그랬듯이, 읽는 동안에만 변화의 열망을 느끼다가 책을 덮은 뒤에는 다 잊어버리고 어제와 똑같은 삶을 반복할 것인가?

이 책을 덮는 여러분이 마누엘 L. 퀘손이 저질렀던 실수를 반복하지 않기를 빈다. 과학자 라이스가 그랬던 것처럼, 모든 것을 다 갖추고도 생생하게 꿈꾸는 법을 몰라서 1,000분의 1의 오차를 허용하고 어이없게 실패하는 운명에 처하지 않기를 빈다.

여러분도 알다시피 세상에는 도움의 손길이 절실하게 필요한 사람들이 너무 많다. 물론 성자처럼 모든 것을 다 버려두고 그들을 위한 삶에 투신하는 것이 가장 옳은 길이다. 하지만 인간적인 약함으로 인해 그렇게 할 수 없다면, R=VD 공식을 실천해서 꿈을 이루어라. 성공자가 되어라. 유명한 사람이 되어라. 부자가 되어라. 그리고 그 힘을 세상을 위해 써라. 가난한 사람들과 약자들이 행복하게 사는 그런 세상을 만드는 데 써라. 비록 지금은 성공의 꿈을 꾸더라도 나중에는 성자의 꿈을 꾸어라.

생생하게(vivid) 꿈꾸면(dream) 이루어진다(realization).

부록 1

꿈을 현실로 만드는
VD 다이어리

꿈을 현실로 만드는 VD 다이어리

꿈을 현실로 만드는 사람들에겐 공통점이 있다.

하나, 어떤 꿈이든 '소중하게' 대한다는 것.

둘, 꿈을 이룬 자신의 모습을 '생생하게' 그린다는 것.

꿈의 공식 R=VD로 꿈을 생생하게 그려보자. 꿈을 향해 나아가는 소중한 순간을 기록해보자. 뒤에 정리한 VD 다이어리는 본문에서 소개한 사진 VD, 장소 VD, 소리 VD, 글 VD를 어떻게 실천할 수 있을지에 대한 가이드다. VD 다이어리가 여러분의 꿈을 현실로 만들어줄 것이다.

지금 꿈을 느끼고, 말하고, 행동하라.

V I V I D   D R E A M   =   R E A L I Z A T I O N

꿈을 보다 × 사진 VD

R=VD 공식의 전제 조건은 꿈을 '생생하게' 꾸는 것이다.
생생하게 꿈꾸기가 쉽지 않을 땐 사진을 준비해보자.
사진을 보면서 꿈꾸기를 하는 사람은 그렇지 않은 사람보다
몇 배는 더 생생하게 꿈꿀 수 있다.

하나

꿈이 담긴 사진을 준비할 것.

직접 찍은 사진이 아니어도 괜찮다.
잡지를 오리거나 인터넷에서 찾은 사진을 출력해도 좋다.

둘

사진을 항상 가지고 다닐 것.

이미지 파일로 만들어 스마트폰 액정 화면이나
컴퓨터 바탕 화면에 띄워놓아도 좋다.

셋

사진을 보며 꿈이 이루어졌다고 느낄 것.

시각뿐 아니라 다른 감각까지 동원해서 느껴보자.
그 느낌을 말로 표현하면 더욱 좋다.

PICTURE HERE

◆ **나의 꿈**

◆ **꿈을 이룬 내 모습**(표정, 말투, 복장, 분위기, 태도)

◆ **꿈을 실현했을 때의 느낌**

◆ **꿈을 이루기 위해 할 수 있는 것**

○ VIVID DREAM DAY ________________

● REALIZATION DAY ________________

VIVID DREAM = REALIZATION

꿈에 다가가다
×
장소 VD

R=VD! 꿈을 진심으로 느끼고 말하고 행동하면 현실이 된다.
꿈이 현실에서 이루어지기를 기다리는 대신
직접 현실 속으로 들어가 꿈의 현장을 정복하라.
꿈꾸는 것에 머무르지 말고 꿈을 향해 전진하라.

하나

꿈과 관련된 장소에 찾아갈 것.

꿈의 장소를 잘 아는 사람과 동행해보라.
혼자서도 어렵지 않다면 조금씩 꿈의 무대를 넓혀보자.

둘

그곳에 머물며 꿈이 이루어진 모습을 강렬하게 상상할 것.

미리 마음속으로 그린 수천 장의 그림을
꿈의 장소에서 직접 시뮬레이션해보자.

셋

지속적으로 찾아가 VD할 것.

사람들이 인사를 하고 말을 걸어올 정도로
생생하게 꿈꾸고 당당하게 행동하자.

◆ **나의 꿈**

◆ **꿈의 장소**(방문 횟수 □1회 □2회 □3회)

◆ **꿈을 이룬 내 모습**(표정, 말투, 복장, 분위기, 태도)

◆ **꿈을 이루기 위해 할 수 있는 것**

◆ **현장에서 외치는 꿈의 주문**

○ VIVID DREAM DAY ________________

● REALIZATION DAY ________________

◆ MEMO

VIVID DREAM = REALIZATION

꿈을 말하다 × 소리 VD

말에는 힘이 있다고 한다.
실제로 "난 안 될 거야" 하고 실패의 말을 하면 실패가 찾아오고
"난 잘될 거야" 하고 성공의 말을 하면 성공이 찾아온다.
말하는 대로 삶이 변화하는 것을 느껴보자.

하나

꿈이 이루어진 모습을 생생하게 꿈꿀 것.

반드시 성공하고야 말겠다는 거창한 꿈이 아니어도 괜찮다.
주어진 삶에 만족하고 감사하는 일상의 행복을 그려보자.

둘

꿈꾼 내용을 말로 표현할 것.

꿈이 이루어진 모습을 실제로 보고 있는 것처럼 상세하게 표현하라.
잘되지 않을 때는 미리 종이에 적어두고 그 내용을 큰 소리로 읽어보라.

셋

말의 여운이 채 가시기 전에 다시 한 번 생생하게 꿈꿀 것.

매일 30분씩 20~30회 이상 소리 내어 VD하라.
혼자만의 공간이나 꿈의 장소에서 하면 더욱 효과적이다.

◆ 꿈이 이루어지는 주문

나는 소중하다.
나는 행복하다.
나는 최고다.
나는 잘하고 있다.
내 꿈은 이루어진다. (□1회 □2회 □3회)

◆ MEMO

◆ **나의 꿈**

◆ **꿈을 이룬 내 모습**(표정, 말투, 복장, 분위기, 태도)

◆ **꿈을 위해 외치는 나만의 주문**

나는 ______________________________ 다.

나는 ______________________________ 하다.

나는 ______________________________ 할 것이다.

내 꿈은 ______________________________ 다. (□1회 □2회 □3회)

○ VIVID DREAM DAY ______________

● REALIZATION DAY ______________

VIVID DREAM = REALIZATION

꿈을 쓰다
×
글 VD

자신과 가장 솔직한 대화를 나누는 방법 중에 하나가 글쓰기다.
꿈을 글로 적으면 매일 밤 기대감으로 잠자리에 들게 되고,
설레는 마음으로 내일을 열게 될 것이다.
나에게 특별한 하루를 선물해보자.

하나

꿈의 노트를 마련할 것.

꼭 노트가 아니어도 괜찮다. 스마트폰의 메모장을 활용해보라.
중요한 것은 노트가 아니라 꿈을 글로 적는 행위다.

둘

노트에 꿈을 적을 것.

노트를 세 부분으로 나눠 첫 번째는 개인적인 소망, 두 번째는 가족을 위한 소망,
세 번째는 사회와 국가와 인류를 위한 소망을 적어보라.

셋

**적으면서 또는 적은 내용을 소리 내어 읽으며
꿈이 이루어진 모습을 생생하게 그릴 것.**

최소 하루 한 번 이상 읽으며 생생하게 꿈꾸어야 한다.
꿈이 이루어지는 속도는 자신이 느끼는 생생함에 비례한다.

◆ **나의 꿈**

A(가장 중요한 꿈)

B(그다음 중요한 꿈)

C(나머지 꿈들)

◆ **꿈을 이룬 내 모습**(표정, 말투, 복장, 분위기, 태도)

◆ **꿈을 이루기 위한 구체적인 행동**

단기(A, B, C)

중기(A, B, C)

장기(A, B, C)

○ VIVID DREAM DAY ________________

● REALIZATION DAY ________________

◆ MEMO

부록 2

R=VD로 꿈을 현실로 만든 인물들

R=VD로 꿈을 현실로 만든 인물들

김철호

기아자동차 창업주. 일본에서 자동차와 자전거 부품을 생산하면서 일본 기계 산업의 기술을 습득했다. 한국으로 돌아온 뒤 1944년 경성정공을 설립, 1952년 국내 최초의 국산 자전거 삼천리자전거를 생산하며 기아산업으로 이름을 변경했다.

나폴레온 힐

성공 철학의 거장이자 베스트셀러 작가. 앤드류 카네기의 제안으로 1908년부터 1928년까지 20년 동안, 앤드류 카네기, 토머스 에디슨, 헨리 포드 등 성공한 기업가 507명을 직접 인터뷰하고 조사해서 성공의 원리를 정리했다. 이후 연구와 강연, 저술 활동을 통해서 성공 철학의 거장이 되었다.

남상해

하림각 회장. 11평의 작은 가게로 시작해 세계 최대의 중국 음식점 주인이 되었다. 14세 때 굶주린 가족을 위해 혈혈단신으로 상경해 자장면 하나로 최고의 부를 이뤄낸 그의 성공 스토리는 2001년 MBC 〈성공시대〉를 통해 널리 알려졌는데, 방송 후 '시청자가 다시 보고 싶은 성공시대 1위'를 기록할 만큼 뜨거운 관심을 모았다.

댄 케네디

미국의 대표적인 컨설턴트이자 강사. 1978년부터 직업강사와 세미나 전문 지도자들의 모임인 '전국강연자연합'에서 활동하면서 600만 명 이상의 사람들에게 강의를 해왔으며, 한 해 100회 이상 대기업의 세미나에 초청되는 전미 최고의 인기 강사다.

로키 아오키

베니하나의 오너. 베니하나는 미국, 캐나다, 영국, 일본, 한국 등 전 세계 100여 개 대도시에 체인점을 갖고 있는 철판구이 요리점이다.

일본의 무명 프로레슬링 선수였던 아오키는 미국 생활 7년 만에 소망하던 상점을 열고, 대부호의 반열에 올랐다.

리자청

중국 최대의 기업집단 '청쿵그룹'의 창시자. 중국과 동아시아 전역에서 가장 부유한 인물로 알려져 있다. 베이징, 난징, 청두, 광저우 등 중국 대도시에 수많은 대학교를 세워서 중국인들의 교육 활성화에 앞장선 것으로도 유명하다.

리처드 버크

《갈매기의 꿈》으로 유명한 미국 작가. 공군 입대 후 1957년 파일럿 자격을 취득했으나, 다음해에는 자유기고가가 되어 뉴욕과 로스엔젤레스에서 잡지 편집자 겸 작가로 활동했다. 1970년 발표한《갈매기의 꿈》은 지금까지도 전 세계 독자들의 꾸준한 사랑을 받는 명작이다.

리처드 폴 에반스

미국의 베스트셀러 작가. 그의 데뷔작《크리스마스 상자》는 전국 각 서점들에서 베스트셀러 1위를 차지하며 화제에 올랐다. 픽션과

논픽션 작품이 모두 베스트셀러에 오른 몇 안 되는 작가로, 1998년 미국 어머니 도서상, 세계 이야기 1등상 등을 수상하는 등 수상경력도 화려하다.

맥스웰 몰츠

성공학의 대가. 콜롬비아대학교에서 의학박사 학위를 취득한 후 성형외과 의사로 수많은 환자를 만나면서 사람들에게 절실한 것은 외모의 교정보다는 왜곡된 내면의 자아 이미지를 바꾸는 것이라는 사실을 깨달았다. 이후 진정한 변화와 자아 혁명을 위한 성공 실천 프로그램을 만드는 데 몰두한 뒤 다양한 분야에서 성공한 사람들의 조건에 대한 분석 결과를 집약한 《성공의 법칙》을 펴냈다. 이 책은 스포츠 심리학의 뿌리이기도 하다.

모리타 아키오

소니의 공동 창업자. 1946년 이부카 마사루와 소니를 창업한 뒤 독창적인 아이디어와 과감한 결단력으로 세계 전자 시장을 지배했다. 특히 워크맨을 통해 휴대용 전자제품의 시대를 열었으며, 1998년 《타임》지가 선정한 '20세기의 경영인'에 선정되었다.

배종수

빼에로 옷을 입고 팬터마임을 하는 독특한 강의로 아이들에게 수학의 새로운 세계를 보여준 것으로 유명하다. 제7차 초등학교 수학 교과서 편찬위원장이자 수학 멀티미디어 개발위원장이기도 하다.

빌 게이츠

미국의 기업가이자 마이크로소프트 창업자. 최초의 소형 컴퓨터용 프로그램 언어인 '베이직'을 개발하고 퍼스널 컴퓨터의 운영체제 프로그램인 '윈도즈' 시리즈를 출시하며 20세기 후반과 21세기 초반 정보기술 시대를 선도해왔다. 2008년, 33년간 이끌어오던 마이크로소프트를 떠난 뒤 자선활동에 앞장서고 있다.

빌 클린턴

전 미국 대통령. 재임기간 중 유연한 정치적 역량을 바탕으로 국제관계·인종·정치·종교적 갈등 완화, 교육 개혁에 공헌했고, 특히 미국 경제의 비약적인 성장에 기여했다. 클린턴이 대통령에 취임한 후 1,800만 명의 신규고용, 실질임금 상승, 소득불균형의 점진적인 개선이 이루어졌다.

사이토 히토리

일본 최고의 부자 중 한 명이자 성공한 사업가. 화장품과 건강식품을 판매하는 회사 긴자마루칸의 창업자로 일본에서 여러 해 연속 '납세액 1위'를 기록하고 있는 거부로 알려져 있다. 2004년까지 누계 납세액 총 173억 엔(약 1,600억 원)이라는 전대미문의 기록으로 일본 1위에 올랐다.

손정의

일본의 사업가이자 소프트뱅크 그룹의 대표이사 겸 CEO. 재일한국인 3세로 일본 이름은 손 마사요시이나 한국에서는 같은 한자를 한국어로 읽은 손정의로 더 유명하다. 외국인이 성공하기 힘든 것으로 알려진 일본에서 무서운 도전정신과 열정, 노력으로 정상의 자리에 오른 입지전적인 인물이다.

스티븐 스필버그

미국의 영화감독이자 제작자. 1975년 거대한 식인상어와 인간들의 대결을 그린 영화 〈죠스〉가 세계적인 성공을 거두면서 일약 흥행감독으로 자리매김했다. 이후 〈인디애나 존스〉, 〈쥬라기 공원〉 등을 연출했으며, 〈쉰들러 리스트〉로 1994년 아카데미상에서 작품상 등

7개 부문을 석권했다.

아놀드 슈워제네거

미국의 영화배우이자 정치인. 〈터미네이터〉 시리즈로 전 세계적인 인기를 얻었으며, 2003년 캘리포니아 주지사 보궐선거에서 공화당 후보로 나와 당선되었다. 주지사 임기 중 매년 연봉 17만5천 달러를 모두 사회에 기부한 것으로도 유명하다.

아리스토텔레스 소크라테스 오나시스

한때 세계 최고의 부자였던 그리스의 선박왕. 제2차 세계대전을 기점으로 해운왕국을 구축하였으며, 1945년 사우디아라비아 정부와 사우디아라비아에서 생산되는 석유 수송의 독점계약을 맺음으로써 세계 해운업계와 석유업계를 움직이는 인물로 군림했다.

알버트 아인슈타인

독일 태생의 이론물리학자. 광양자설, 특수상대성이론을 연구해 1905년 발표했으며, 1916년 일반상대성이론을 발표했다. 1920년대에 들어서 세계적인 물리학자로 명성을 얻었으며, 특히 헝클어진 머리와 콧수염으로 대표되는 특이한 외모와 체면을 세우지 않는 행동

등으로 대중의 인기를 끌었다.

알렉산더 그레이엄 벨

영국 태생의 미국 과학자이자 발명가. 1876년 자석식 전화기의 특허를 받았으며, 이를 토대로 1877년 벨전화회사를 설립했다. 또 전화기 발명으로 받은 볼타상을 기금으로 볼타연구소를 설립해 농아 교육에 힘썼다.

앤드류 카네기

미국의 기업인 겸 자선사업가. 철저한 자본가 정신과 과학적 기업 경영으로 미국 자본주의 발전에 결정적인 역할을 한 인물로 평가된다. 사업을 확장하면서 채용한 고급 제철기술자들에게 사업이 성공을 거둘 때마다 주식을 나누어주곤 했는데, 이렇게 해서 그가 만들어 낸 백만장자만 40명이 넘는다.

워런 버핏

'투자의 귀재'라고 불리는 미국의 사업가이자 투자가. 억만장자이면서도 검소한 생활태도를 지니고 있으며 2006년 재산의 85%를 사회에 환원하기로 약정하는 등 적극적인 기부활동을 펼치는 것으로도 유명하다. 2008년 《포브스》지에 의해 세계 재력가 1위(재산 58조 8천억 원)에 선정되기도 했다.

이나모리 가즈오

교세라 명예회장. 마쓰시타 고노스케, 혼다 소이치로와 더불어 '일본에서 가장 존경받는 3대 기업가'로 꼽힌다. 회사를 효율적으로 관리하기 위해 '아메바 경영'이라는 새로운 경영방식을 창조해냈고, 전 세계의 수많은 경영인들이 이를 벤치마킹하며 '경영의 신'이라는 찬사를 받기도 했다.

이소룡

중국의 무술인 겸 영화배우. 그의 첫 주연작 〈당산대형〉은 이전까지의 기록을 깨트리며 홍콩 영화 사상 최대의 흥행작에 올랐다. 쿵푸를 바탕으로 권투, 펜싱, 태극권, 유도, 레슬링, 태권도 등의 요소를 절충시킨 실전 무술 '철권도'의 창시자로도 유명하다.

잭 캔필드

미국의 베스트셀러 작가. 〈뉴욕타임스〉 190주 연속 베스트셀러라는 경이적인 기록을 세웠으며, 전 세계 41개 언어로 번역돼 1억 부 이상 판매된《닭고기수프》 시리즈의 공저자다. 미국 최고의 카운슬러이자 작가로, 전 세계 21개국 90만 명 이상의 사람들에게 성공 방정식을 전파해왔다.

제임스 알렌

영국의 작가. 20세기 '문학계의 기인'으로 불리며 전 세계적으로 수천만 부의 판매고를 올린 베스트셀러 작가다. 알렌은 자신의 스승이었던 톨스토이의 가르침대로 자발적인 가난, 영적인 자기 훈련 그리고 단순한 삶이라는 자신의 이상을 추구했으며, 이를 토대로 한 작품들을 통해 현대 명상문학의 시조라고 불린다.

조지 워싱턴

미합중국 초대 대통령. 1789년 4월 30일 만장일치로 대통령에 선출되었다. 대통령으로 8년을 재임하면서 합중국의 기초를 다지는 데 크게 이바지했으며 오늘날까지도 '건국의 아버지'로 미국인들의 존경을 받고 있다.

존 데이비슨 록펠러

미국의 석유 사업가. 1882년 미국 내 정유소의 95%를 지배하는 스탠더드오일트러스트를 조직했으며, 재계에서 물러난 후에는 시카고대학 설립을 위해 6천만 달러 이상을 기부했고, 그 후에도 3억5천만 달러를 기부했다. 록펠러재단, 록펠러의학연구소 등을 설립했다.

존 워너메이커

미국의 실업가. 서점 직원으로 사회에 첫발을 들여놓은 후, 남자복 의류품점을 경영해 10년 후 미국 최대의 남자복 소매상으로 발전했다. 뉴욕에 미국 최초로 백화점을 설립했으며, 우정장관을 지내기도 했다.

콘래드 힐튼

힐튼 호텔의 창업자. 우연히 찾아낸 모블리 호텔을 1919년 인수하였고, 그 일이 호텔 경영의 시초가 되었다. 1930년에는 힐튼 호텔 최초의 고급 호텔인 플라자 호텔을 개업했으며, 대공황기에 파산 직전까지 몰렸지만 그 후 멋지게 재건하며 '호텔 왕'에 등극했다.

혼다 소이치로

혼다의 창업자. 소니의 이부카 마사루 등과 함께 전후 일본을 대표하는 기술자이자 기업가로서 세계적으로 명성을 떨쳤다. 1952년 수많은 발명을 인정받아 일본 왕실에서 훈장을 수여받기도 했다.

부록 3

《청소년을 위한 꿈꾸는 다락방》 사용 설명서

《청소년을 위한 꿈꾸는 다락방》 사용 설명서

Q. 《꿈꾸는 다락방》은 국민 베스트셀러가 되었다. 출간된 지 1년 정도가 지나서 베스트셀러가 된 건데, 이런 경우는 흔하지 않다. 어떻게 생각하나?

: 내가 좋아하는 말이 있다. "다른 누군가가 이룬 꿈은 나도 얼마든지 이룰 수 있다"이다. 나는 스무 살 때부터 작가의 꿈을 키우면서 국내외 베스트셀러 작가들의 인터뷰를 참으로 많이 읽었다. 그때 알게 되었다. 출간되고 오랫동안 주목받지 못했지만 어느 날 갑자기 베스트셀러가 된 책들이 있고, 이를 통해 베스트셀러 작가가 된 사람들이 있다는 사실을. 나는 언젠가 나에게도 같은 일이 일어날 것이라고 믿었다. 그러니까 《꿈꾸는 다락방》이 뒤늦게 베스트셀러가 된 것은 내가 오랫동안 가져왔던 믿음이 현실이 된 것에 불과하다.

Q. R=VD 공식으로 꿈을 이룬 사람들에게는 어떤 공통점이 있는가?

: 그들은 《꿈꾸는 다락방》의 메시지를 진심으로 받아들이고 실천했다.

Q. R=VD 공식에는 왜 그토록 강력한 힘이 있는 건가?

: 성서의 말씀에 의하면 인간은 하나님의 형상을 따라 창조되었다. 이는 무슨 의미인가. 인간의 내면 깊숙한 곳에는 우주만물을 창조한 창조주의 편린이 있다는 것이다. 그것은 바로 '믿음'이다. 자신이 꿈꾸는 것을 이미 이루었다고 믿는 마음이다. R=VD 공식은 인간으로 하여금 무슨 일이든 이루게 하는 위대하고 놀라운 힘인 믿음을 흔들어 깨운다. 그리고 믿음을 현실로 만들어준다. R=VD가 지상 최강의 성공 공식인 이유다.

Q. 어떤 사람들은 R=VD 공식을 사용하면 전혀 노력하지 않아도 원하는 것을 얻을 수 있다고 생각한다. 여기에 대해서 말해준다면?

: 《꿈꾸는 다락방》은 노력을 부정하지 않는다. 이 책은 자기계발 서적이기 때문이다. 자기계발은 기본적으로 치열한 노력을 전제로 한다. 《꿈꾸는 다락방》에 사례로 나오는 인물들을 보라. 세상에서 가장 뜨겁게 노력한 사람들이다. 그런데 문제는 노력만으로는 노력 이상

의 것을 얻을 수 없다는 것이다.

대표적으로 에스테 로더의 사례를 보자. 그녀는 화장품 제조와 판매에 관해 열심히 공부했고 최고의 실력을 갖추게 되었다. 즉 그녀는 노력한 만큼의 실력을 얻게 되었다. 하지만 그녀의 화장품 가게는 여전히 동네 가게 수준을 벗어나지 못했다. 에스테 로더는 자신의 꿈을 이루기 위해서는 노력 이상의 무엇이 필요하다고 판단했고, 그때부터 R=VD 공식을 목숨 걸고 실천했다. 그러자 놀랍게도 그때부터 그녀의 화장품들이 동네 가게를 벗어나 미국 최고의 백화점들에 입점하기 시작했고, 전 세계로 판매되기 시작했다.

Q. 기본적으로 치열한 노력이 있어야 한다는 말을 들으니 뜨거웠던 마음이 살짝 식는 기분이다. 꼭 노력해야만 성공할 수 있나?

: 사실 노력은 성공의 결정적인 요인이 아니다. 아니 솔직히 말하면 노력은 성공과 전혀 상관없다. 즉 노력하지 않아도 얼마든지 큰 성공을 거둘 수 있다. 대표적으로 오나시스의 사례를 보자. 그는 세계 최고의 부자가 되겠다는 꿈을 가지고 있었다. 하지만 꿈을 이루기 위한 어떤 노력도 할 수 없었다. 당시에 그는 외국인 비정규직 노동자였기 때문이다. 한번 생각해보라. 한국의 대형 마트에서 비정규직으로 일하고 있는 동남아 청년이 빌 게이츠보다 많은 부를 쌓기 위해 할 수

있는 노력이 뭐가 있을까? 오나시스가 바로 그런 경우였다.

하지만 오나시스는 R=VD 공식의 힘을 알고 있었다. 그래서 매주 토요일마다 최고급 레스토랑에 가서 VD를 했다. 그러자 어느 날, 그리스 선박 재벌 코스타 그레초가 무아지경 상태로 VD를 하고 있는 오나시스에게 흥미를 느껴 말을 걸었고, 이를 계기로 오나시스는 코스타 그레초의 전폭적인 신뢰와 지원을 등에 업고 선박계에 입문했다. 이후 오나시스는 코스타 그레초를 뛰어넘는 선박 왕이 되었고, 세계 최고의 부자가 되었다.

여기서 우리가 주의 깊게 살펴보아야 할 사실이 있다. 오나시스는 코스타 그레초를 만나기 위해서 어떤 노력도 기울인 적이 없다. 그는 단지 레스토랑에 앉아서 VD를 했을 뿐이다.

Q. 노력과 VD의 관계에 대해서 정리를 해준다면?

: 우리에게는 아주 어릴 때부터 주입된 믿음이 있다. 바로 '노력한 만큼 성공한다'라는 것이다. 그래서 우리는 성공하기 위해 치열하게 노력한다. 이때 자신이 누구도 따라올 수 없을 만큼 최고의 노력을 기울이고 있다는 사실을 알게 되면 자기도 모르게 스스로에게 이렇게 말하게 된다. "이 정도로 노력했으니 난 성공할 수밖에 없어!" 즉 우리는 노력이라는 수단을 통해 성공의 확신(VD)을 갖게 된다. 경험해

보면 알겠지만 이렇게 생긴 확신은 절대로 흔들리지 않는다. 나날이 커지고, 깊어지고, 강해진다. 그리고 반드시 현실(R)이 된다.

그런데 많은 사람들이 이를 오해한다. '열심히 노력한 결과 성공할 수 있었다'고 생각하는 것이다. 하지만 아니다. 앞에서 말했듯이 노력이라는 수단을 통해 성공 VD, 즉 '나는 성공할 수밖에 없는 사람'이라는 믿음을 가질 수 있었기에 성공한 것이다. 즉 'VD=R'이다. '노력=R'이 아니다.

Q. 만일 완벽한 VD를 할 수 있다면 노력 없이도 VD를 현실로 만들 수 있다는 이야기인가?

: 정신이 물질계에 머물러 있는 사람들에게는 절대로 받아들여질 수 없는 진실을 말하자면, 인간은 VD만으로 모든 꿈을 이룰 수 있다(단, 영혼의 구원처럼 하나님의 영역에 속하는 것은 예외다). 그런데 안타깝게도 VD만으로 모든 꿈을 이룰 수 있는 인간은 존재하지 않는다. 인간에게는 의식과 무의식이 있는데, 인간의 무의식은 생존 RAS, 즉 '의심'과 '불안'으로 대표되는 부정적인 VD에 사로잡혀 있기 때문이다(RAS에 대해서는 78~84쪽을 참고하라).

누누이 말했듯이 VD는 R이 된다. 우리네 삶에 아픔과 고통, 슬픔이 그토록 많은 이유는 우리의 무의식을 지배하고 있는 부정적인

VD들이 평생에 걸쳐서 R이 되기 때문이다. 그래서 이런 말도 있지 않은가.

"나를 가로막은 것은 언제나 나 자신이었다."

Q. '나를 가로막고 있는 나 자신'을 '나를 성공으로 이끄는 나 자신'으로 변화시키려면 어떻게 해야 하나?

: '나를 가로막고 있는 나 자신', 즉 무의식에게 모든 진심을 다해서 이렇게 말해주면 된다. "넌 잘되고 잘되고 잘되고 잘되고 잘되고 잘되고 잘되고 잘되고 잘되고……(되도록 '잘되고'를 100번 이상 반복하는 것을 추천한다) 평생 잘될 테니까 아무 걱정 마! 넌 그저 눈부시게 빛나는 미래를 상상하면서 지금 이 순간 행복을 느끼면 되는 거야! 넌 이미 성공했어! 넌 이미 세상을 다 가졌어! 넌 최고야!" 그러면 부정적인 VD로 가득 찬 무의식이 성공 VD로 가득 찬 무의식으로 바뀐다. 동시에 두뇌의 생존 RAS가 성공 RAS로 바뀐다. 그리고 이때부터 인생이 바뀌는 기적이 일어나기 시작한다.

Q. 본문에서 VD가 건강을 지켜주고 병을 치료하는 데도 큰 효과가 있다고 밝혔다.

: 건강 VD와 치료 VD를 한다는 건 내가 나의 건강과 병의 치유를

위해 온 마음을 다하고 있다는 것이다. "지성이면 감천"이라는 말이 있다. 그토록 지극정성으로 자신의 건강을 소망하고 병의 치유를 소망하는 데 효과가 없을 리 있겠는가. 그것은 의학이나 VD의 영역이라기보다는 차라리 상식의 영역에 속한다고 할 수 있다.

《꿈꾸는 다락방》을 출간하고 감사했던 것은 많은 병원, 특히 암 병동으로부터 《꿈꾸는 다락방》에 나오는 건강 VD와 치료 VD에 관한 내용을 환자들을 위한 교재로 사용해도 되겠느냐는 요청을 받은 것이다. 당연히 기쁜 마음으로 허락해드렸다. VD가 건강과 병의 치유에 큰 도움이 되니까 그런 요청이 들어오는 것 아니겠는가. 부디 더 많은 병원에서 《꿈꾸는 다락방》이 교재로 사용되기를 바랄 뿐이다. 그러면 참으로 많은 환자들이 도움을 받을 것이고, 나는 그만큼 행복해질 것이다.

Q. 공부 천재들의 시험 VD도 인상적이었다.

: 이제 시험 VD는 공부 혁명을 일으키고자 하는 학생들 사이에서는 일종의 상식이 되어버린 것 같다. 원래부터 탁월한 성적을 자랑했던 학생들이 R=VD 공식을 실천해서 자신이 속한 그룹의 수준을 순식간에 뛰어넘는 일, 그러니까 반에서 상위권이던 학생이 전교 최상위권으로 점프한다거나 전교 상위권이었던 학생이 전국 최상위권으로

점프하는 일이 다반사로 일어나고 있고, 공부에 마음을 붙이지 못해 늘 하위권을 맴돌던 학생이 R=VD 공식을 실천하면서 자신의 잠재력을 깨닫고 공부에 맹렬하게 돌진해서 상위권으로 올라서고 마침내 자신이 원하는 학교에 들어가는 일 또한 다반사로 일어나고 있기 때문이다.

Q. 책의 마지막을 "지금은 성공의 꿈을 꾸더라도 나중에는 성자의 꿈을 꾸어라"라는 구절로 마무리했다. 무슨 의미인가?

: 1929년에 미국의 한 호텔에 당시 세계 최고의 성공자 9명이 모였다. 그들은 모두 R=VD 공식을 잘 알았고, 잘 실천하고 있었다. 심지어 그들 중 한 명은 R=VD 공식이 미국에 뿌리를 내리는 데 큰 역할을 했다. 하지만 약 20년 뒤 그들은 모두 실패자가 되었다. 세계 최대의 철강회사를 소유하고 있었던 찰스 슈와브는 파산자가 되었고, 미국 최고의 증권회사를 경영하던 리처드 휘트니와 미국 최대의 공공사업체를 이끌던 사무엘 인슐은 감옥에 있었다. 세계 최고의 에너지 회사를 갖고 있었던 하워드 홉슨은 정신병자가 되었고, 국제청산은행장 레온 프레이저는 자살로 생을 마감했다. 나머지 4명도 파산, 수감, 자살로 생을 마쳤다.

오랜 시간 세계 최고의 성공자라 불렸던 그들은 왜 하나같이 비참하고 불행한 결말을 맞이하게 되었을까? 성공의 꿈은 있었지만 성자의 꿈은 없었기 때문이다.

성자의 꿈은 나눔의 꿈이다. 나는 성공자들을 수천 명 넘게 연구하면서 나눔을 진심으로 실천한 사람들만이 하나같이 삶을 행복하게 마감했음을 알게 되었다. 나는 독자들이 R=VD 공식을 실천해서 단순히 성공하는 것을 넘어 진정으로 행복해지기를 소망했다. 그래서《꿈꾸는 다락방》을 앞의 구절로 마무리했다.

Q. 폴레폴레 카페 회원들과 전국 지역아동센터를 대상으로 인문학 교육 봉사활동을 하고, 해외 빈민촌에 학교와 병원을 지어주는 프로젝트를 하고 있다고 들었다.

: 2008년부터 시작한 봉사 프로젝트다. 지역아동센터를 대상으로 하는 인문학 교육 봉사활동은 천여 명 넘는 자원봉사자들이 다녀갔다. 물론 지금도 많은 사람들이 교육 봉사를 하고 있다. 해외 빈민촌에는 현재 24개의 학교를 지었다. 기아대책, 폴레폴레와 18개, 드림스드림과 6개를 지었다. 인도, 라오스, 캄보디아, 베트남, 차드, 짐바브웨, 탄자니아, 시리아 난민 캠프 등 국가도 다양하다. 앞으로 총 100개의 학교를 지을 계획이다.

Q. 해외 빈민촌에 단순히 학교를 지어주는 게 아니라 지속적으로 교육 프로젝트를 진행하고, 팬들과 함께 서번트 투어를 떠나기도 한다고 들었다.

: 내가 추구하는 것은 교육을 통한 지역사회의 변화다. 그래야 빈곤의 고리가 끊긴다. 그런데 이런 변화는 단지 학교 한 채를 지어준다고 생기는 것이 아니다. 지속적인 교육적 관심과 후원이 있어야 가능하다.

2016년 말에 요르단에 위치한 시리아 난민 캠프에 약 4천만 원을 후원해서 교실과 양계장을 지어주었다. 직접 방문해보니 체계적인 교육 프로젝트가 절실해 보였다. 다행히 그곳 교사들이 서양 사립학교 수준의 교육과정을 준비하고 있었다. 그런데 돈이 없어서 진행하지 못하고 있었다. 한국에 돌아와서 2차 지원을 결정했고, 2017년 봄에 3천5백만 원을 더 후원했다. 덕분에 난민 캠프 교사들이 계획한 대로 교육이 이루어지게 되었다.

나는 가까운 미래에 시리아 난민 캠프를 다시 방문해서 한 달 이상 체류할 생각을 가지고 있다. 첫째는 난민 캠프의 교육 프로젝트가 얼마나 잘 이루어지고 있는지를 살펴보기 위해서고, 둘째는 만일 그곳에 본이 될 만한 좋은 교육적 마인드와 방법이 있다면 그것을 한국에 알리기 위해서다. 내 경험에 따르면 이렇게 지속적인 관심과 후원이 있어야 지역사회가 변한다. 물론 쉽지 않은 길이다. 하지만 어려운 만큼 좋은 결과가 있기에 반드시 가야만 하는 길이다.

서번트 투어는 내가 해외 빈민촌 학교에 가서 봉사활동을 해보니 너무 좋아서 – 뭐랄까, 죽었던 심장이 다시 뛰는 기분이랄까 – 시작한 여행 프로젝트다. 해외 빈민촌에 100개의 학교를 지어주는 것을 목표로 하는 '학교 짓기 프로젝트'에 참여한 사람이라면 누구나 함께 할 수 있다.

서번트(servant), 즉 섬김이라는 말에는 두 가지 의미가 있다. 첫째, 해외 빈민촌 아동을 섬긴다. 둘째, 나 자신을 섬긴다. 서번트 투어를 떠나보면 알게 된다. 내가 한국에서 얼마나 찌든 삶을 살고 있었는지. 내 영혼이 얼마나 탁해지고 망가졌는지. '과연 이런 곳에서 사람이 살 수 있나?'라는 생각이 절로 드는 해외 빈민촌에서 굶주리고 있는 아이들을 먹이고, 며칠씩 목욕하지 못한 아이들을 씻기고, 이제 막 지어진 학교 벽에 벽화를 그리고, 교실 보수공사를 하고……. 그렇게 며칠을 지내다 보면 누구나 깨닫게 된다. '내가 사람이구나! 영혼을 가진 존재구나! 내 삶의 목적은 돈이 아니라 사랑이구나!' 하고 말이다. 그리고 서번트 투어를 마치고 한국으로 돌아갈 무렵엔 모두 깨닫게 된다. '지구에서 가장 헐벗고 굶주리고 있는 아이들을 섬기러 왔다고 생각했는데 오히려 아이들에게 영혼의 섬김을 받고 가는구나!'라고 말이다. 그래서 서번트 투어, 섬김의 여행이다.

Q. 서번트 투어는 '학교 짓기 프로젝트'에 참여하고 있는 사람만 떠날 수 있는 건가?

: 아니다. 누구나 떠날 수 있다. 단 서번트 투어 공지는 폴레폴레 카페나 폴레폴레 페이스북 등에서만 접할 수 있다.

Q. 학교 짓기 프로젝트는 어떻게 참여할 수 있는가?

: 드림스드림(dreamsdream.org)에 정기후원 또는 일시후원하면 된다. 정기후원은 은행 창구에서 직접 신청하거나 인터넷 뱅킹 등으로 신청할 수 있다. 후원 계좌번호는 우리은행 1005-880-595949다.

Q. 드림스드림은 어떤 단체인가?

: 해외 빈민촌에 100개의 학교를 지어주는 것을 목적으로 만들어진 단체다. 보통 국제 NGO들은 적게는 후원금의 15~30%, 많게는 30~80%를 단체 운영비 등의 명목으로 제하고 나머지를 해외 빈민촌에 보낸다. 만일 우리가 1만 원을 후원하면 적게는 1천5백 원, 많게는 8천 원을 제하고 나머지를 보내는 것이다. 하지만 드림스드림은 후원금의 100%를 보낸다. 1만 원을 후원하면 1만 원 전액이 가는 것이다.

Q. 드림스드림과는 어떻게 알게 되었나, 그리고 어떤 역할을 맡고 있나?

: 페이스북에서 우연히 알게 되었다. 신기했다. 나와 같은 목적을 가지고 움직이는 사람들이 있다는 것이 말이다. 오랫동안 지켜봤다. 참으로 진실한 단체였다. 단체의 활동에 깊이 감동했고, 자원해서 돕기 시작했다. 주로 홍보, 모금 등의 역할을 맡고 있다.

Q. 국내 저소득층 아이들을 대상으로 하는 지역아동센터 인문학 교육 봉사활동은 어떻게 참여할 수 있나?

: 폴레폴레 카페를 통해서 가능하다. 폴레폴레 카페에서는 지역아동센터 교육 봉사자 모집, 교육 등을 수시로 하고 있다. 폴레폴레의 꿈은 전국 대학가에 인문학 교육 봉사 동아리를 설립하고, 전국에 저소득층 아이들을 위한 인문학 교육기관을 세우는 것이다. 감사하게도 많은 사람들이 이 꿈에 동참하고 있다.

Q. 10년 전에 《꿈꾸는 다락방》을 처음 출간하면서 "지금은 성공의 꿈을 꾸더라도 나중에는 성자의 꿈을 꾸어라"라는 말로 끝을 맺었다. 이번 청소년판의 끝은 어떤 말로 맺고 싶은가?

: 10년 전과 똑같다. 지금은 성공의 꿈을 꾸더라도 나중에는 성자의 꿈을 꾸어라, 이 말로 끝을 맺고 싶다. 인간의 모든 꿈은 궁극적으로

'나눔'을 향해야 한다고 믿기 때문이다. 나눔은 우리 삶의 목적인 '사랑'의 시작이자 끝이다. 꿈의 다른 이름은 사랑이다. 즉 여러분이 꿈꾸기를 선택했다는 것은 사랑과 나눔을 선택했다는 의미다. 여러분의 꿈이 사랑으로 충만한 것이 되기를. 여러분의 삶이 나눔으로 가득하기를. 나는 진심으로 기도하고 또 기도하겠다. 여러분의 꿈을 응원한다.

{ 참고 도서 }

이 책에 실린 사례들은 다음 자료에 나온 내용을 재구성한 것이다. 일부분을 참고한 경우는 페이지까지 기재했고, 전체를 참고한 경우는 도서 이름만 기재했다.

1 《리더십의 법칙(Developing the leader within you)》 존 맥스웰 | 강준민 역 | 비전과리더십 (275쪽)

2 《우연의 일치: 신의 비밀인가 인간의 확률인가(Beyond coincidence)》 마틴 플리머 외 | 김희주 역 | 수희재 (180~197쪽)

3 《아무것도 못 가진 것이 기회가 된다(Winning 101)》 밴 크로치 | 윤규상 역 | 큰나무

4 《하고 싶은 일을 하라(Discovering yourself)》 오리슨 스웨트 마든 | 박정숙 역 | 다리미디어 (246쪽)

5 《에스테 로더 자서전》 에스테 로더 | 정성호 역 | 어문각

6 《나만의 80/20법칙 만들기(Living the 80/20 Way)》 리처드 코치 | 신동기 역 | 21세기북스 (79쪽)
《C학점의 천재 스티븐 스필버그(Steven Spielberg)》 조셉 맥브라이드 | 임혜련 역 | 자연사랑 외 20여 권

7 《백만장자처럼 생각하라(How to think like a millionaire)》 마크 피셔, 마크 앨런 | 강주헌 역 | 국일미디어 (98쪽)

8 《선박왕 오나시스》 월터 프라이 샤워 | 석광인 역 | 동서문화사 (92~103쪽)
《2달러를 빌린 백만장자(The instant millionaire)》 마크 피셔 | 지소철 역 | 밀리언하우스 (34쪽)

9 〈Success partner〉 조원기 | 2004년 10월호
〈21세기 성공 에세이, 파블로와 선박왕 오나시스〉 이진우 | 뉴스 프리즘 (2006. 11. 17.)

10 《선박왕 오나시스》 월터 프라이 샤워 | 석광인 역 | 동서문화사 (181쪽)

11 《호텔왕 힐튼 자서전(Be My Guest)》 콘래드 힐튼 | 박강수 역 | 삼성출판사

12 《스무 살, 절대 지지 않기를》 | 이지성 | 차이정원

13 《마음을 열어주는 101가지 이야기 2(101 More stories to open the heart and rekindle the spirit)》 잭 캔필드, 마크 빅터 한센 | 류시화 역 | 이레 (190~192쪽)

14 《월트 디즈니》 존 마슈즈 | 박재삼 역 | 동서문화사 (174~177쪽)

15 《꿈을 도둑맞은 사람들에게(Dare to win)》 잭 캔필드, 마크 빅터 한센 | 김재홍 역 | 현재 (69쪽)

16 《바라는 대로 이루어진다》 디팩 초프라 | 도솔 역 | 황금부엉이

17 《두뇌운동(Mozart's brain and the fighter pilot)》 리처드 레스탁 | 이경민 역 | 이레 (55쪽)

18 《원인과 결과의 법칙(As a man thinketh)》 제임스 알렌 | 안희탁 역 | 지식여행
19 《독수리처럼 나비처럼: 성공의 원리(The success principles)》 잭 캔필드, 재닛 스위처 | 조찬비 역 | 청미래 (13~16쪽)
20 《두뇌혁신 학습법(思うように時間がとれない大人のための科的勉法)》 후쿠이 가즈시게 | 임수진 역 | 동양문고
21 《생명을 살리는 수학》 배종수 | 김영사
22 《나는 오늘도 희망의 자장면을 만든다》 남상해 | 명진출판
23 《성공한 CEO에서 위대한 인간으로(The autobiography of Andrew Carnegie)》 앤드류 카네기 | 박상은 역 | 21세기북스
24 《놓치고 싶지 않은 나의 꿈 나의 인생 1(Think and grow rich)》 나폴레온 힐 | 권혁철 역 | 국일미디어 (19쪽)
25 《당신의 소중한 꿈을 이루는 보물지도(幸せな寶地圖であなたの夢がかなう)》 모치즈키 도시타카 | 은영미 역 | 나라원 (144~145쪽)
26 《세계 최고의 부자 록펠러(John D. Rockefeller: anointed with oil)》 그랜트 시걸 | 전은지 역 | 베다니출판사
27 《꿈을 현실로 만든 128가지 이야기》 신경직 편저 | 국민일보 (189쪽)
28 《상신 리자청》 홍하상 | 중앙M&B
29 《1퍼센트 부자의 법칙(齋藤一人の絶對成功する千回の法則)》 사이토 히토리 | 이정환 역 | 한국경제신문
30 《독수리처럼 나비처럼: 성공의 원리》 잭 캔필드, 재닛 스위처 | 조찬비 역 | 청미래 (123쪽)
31 《성공하는 사람은 생각이 다르다》 김양호 | 비전코리아 (145~146쪽)
《당신의 소중한 꿈을 이루는 보물지도》 모치즈키 도시타카 | 은영미 역 | 나라원 (33~35쪽)

32 《세일즈 마스터의 비밀 노트(Top vendeur)》 이브라힘 엘피키 | 최우형 역 | 더난출판

33 《성공의 심리학(Mindset)》 캐롤 드웩 | 진성록 역 | 부글북스

34 《그래도 나는 부자다》 니시다 이쿠오 | 김윤희 역 | 봄출판사 (59~60쪽)

35 〈올림픽 6연패 신궁들이 수험생·취업준비생에게 전하는 '특수 심리 훈련법'〉 신동아 통권 514호 | 김현미

36 《마인드 파워(Mind Power)》 존 키호 | 최상수 역 | 김영사 (23~24쪽)

37 《에스테 로더 자서전》 에스테 로더 | 정성호 역 | 어문각

38 《독수리처럼 나비처럼: 성공의 원리》 잭 캔필드, 재닛 스위처 | 조찬비 역 | 청미래 (167~168쪽)

39 《청춘 성공 백서(If you think you can)》 T. J. 호이징톤 | 최재경 역 | 삼성출판사 (95~96쪽)

《돈을 끌어들이는 하루 10분 성공다짐(The wealthy spirit)》 첼리 캠벨 | 노혜령 역 | 이레 (461쪽) 외 10여 권

40 《한국 자본주의의 개척자들》 조동성 외 | 월간조선사 (179~194쪽)

41 《나는 절대로 쓰러지지 않는다(孫正義 起業の若き獅子)》 오시타 에이지 | 은영미 역 | 나라원 (110쪽)

42 《하고 싶은 일을 하라》 오리슨 스웨트 마든 | 박정숙 역 | 다리미디어 (262쪽)

43 《좋아하는 일에 미쳐라: 혼다, 꿈의 이력서》 혼다 소이치로 | 이수진 역 | 부표

44 《협상의 전략(Bargaining for advantage)》 리처드 셸 | 박헌준 역 | 김영사 (52~53쪽)

45 《마음의 평화로 부자되기(Grow rich with peace of mind)》 나폴레온 힐 | 이지현 역 | 국일미디어

46 《부의 법칙(The dynamic laws of properity)》 캐서린 폰더 | 남문희 역 | 국일

미디어
47 《독수리처럼 나비처럼: 성공의 원리》 잭 캔필드, 재닛 스위처 | 조찬비 역 | 청미래 (165~166쪽)
48 《맥스웰 몰츠 성공의 법칙》 맥스웰 몰츠 | 공병호 역 | 비즈니스북스 (140쪽)
49 《TIME POWER 잠들어 있는 시간을 깨워라》 브라이언 트레이시 | 김동수 역 | 황금부엉이 (49~50쪽)
50 《하고 싶은 일을 하라》 오리슨 스웨트 마든 | 박정숙 역 | 다리미디어 (47쪽)
51 《종이 위의 기적, 쓰면 이루어진다(Write it down, make it happen)》 헨리에트 앤 클라우저 | 안기순 역 | 한언 (9~10쪽)
52 《CEO to CEO(ガキの自敍傳)》 이나모리 가즈오 | 김형철 역 | 한국경제신문사 (127~129쪽)
53 《영혼을 위한 닭고기 수프 2(Chicken soup for the soul)》 잭 캔필드, 마크 빅터 한센 | 류시화 역 | 푸른숲 (50~53쪽)
54 《독수리처럼 나비처럼: 성공의 원리》 잭 캔필드, 재닛 스위처 | 조찬비 역 | 청미래 (82쪽)
55 《MBA에서도 가르쳐 주지 않는 프레젠테이션(Knockout presentations)》 다이앤 디레스터 | 심재우 역 | 비즈니스북스 (87쪽)
《한 가지로 승부하라(Focal point)》 브라이언 트레이시 | 권문구 역 | 21세기북스 (187쪽) 외 10여 권

청소년을 위한
꿈꾸는 다락방

초판 1쇄 발행 2017년 12월 18일
초판 10쇄 발행 2024년 6월 30일

지은이 | 이지성
발행인 | 박재호
편집 | 고아라, 홍다휘, 강혜진
마케팅 | 김용범
총무 | 김명숙
종이 | 세종페이퍼
인쇄·제본 | 한영문화사

발행처 | 차이정원
출판신고 | 제25100-2011-321호(2011년 11월 9일)
주소 | 서울시 마포구 양화로 156(동교동) LG팰리스 814호
전화 | 02-334-7932 팩스 | 02-334-7933
전자우편 | 3347932@gmail.com

ISBN 979-11-88388-16-5 03800

이 도서의 국립중앙도서관 출판예정도서목록(CIP)은 서지정보유통지원시스템 홈페이지
(http://seoji.nl.go.kr)와 국가자료공동목록시스템(http://www.nl.go.kr/kolisnet)에서
이용하실 수 있습니다. (CIP제어번호: CIP2017032794)

만든 사람들
기획·편집 | 박재호
디자인 | 김윤남
일러스트 | 박종채